共酣小酒館 下

Zoody——著

虫羊氏——繪

目錄
CONTENTS

第十三杯調酒

江蓁上樓時，季恆秋還在廚房，土豆趴在客廳地毯上，程夏靠著牠看卡通，時不時摸摸牠耳朵。

「嬸嬸。」小孩聽見動靜，抬頭喊她。

江蓁擺擺手：「別叫嬸嬸，叫阿姨就行。」

程夏改口道：「哼啾阿姨。」

江蓁：「……那還是嬸嬸吧。」

左右不過是個稱呼，喊什麼都是她，江蓁沒再糾結這點，跑去廚房找季恆秋。

宵夜已經做好了，他在洗水果。

要說確定關係，那今天開始肯定就是正式交往了，但誰都沒說一句喜歡或愛，說不出口也沒必要說，心裡清楚就行。

相處的時候還跟以前一樣，就是看著對方的目光更直接，笑意更坦蕩，愛意更露骨。

季恆秋洗了一盒藍莓，切了兩個柳丁，拿塑膠小碗分了一點給程夏，其餘的歸江蓁。

她剛洗完澡，正口渴缺水，從盆裡拿了兩個洗淨的藍莓往嘴裡扔。

廚房裡飄著食物香味，江蓁皺著鼻子嗅嗅，問：「做什麼了，這麼香？」

季恆秋指指灶臺上的砂鍋，說：「我把冰箱裡的菜一鍋燉了，還下了點粉絲。」

江蓁「哇」了一聲，打開蓋子，裡頭什麼都有，年糕、魚丸、鑫鑫腸、青菜、粉絲、豆卜，澆上紅油撒上芝麻，好似一碗麻辣燙，鮮香十足。

「我真是撿到寶了。」江蓁在季恆秋下巴上親了一口，怎麼看他怎麼喜歡。

季恆秋拍拍她腦袋，把鍋端出去，拿了碗筷讓她先吃著，飲料都在冰箱裡，自己想喝什麼就拿。

他走到客廳，喊：「夏兒，準備洗澡了。」

小朋友看卡通入了迷，這一集還差一點結束，他目不轉睛盯著電視機螢幕，敷衍地應了聲：「知道了。」

季恆秋也不急，靠在沙發上等他看完。

幾分鐘後片尾曲響起，季恆秋俐落地關了電視機，撈起程夏帶進浴室。

江蓁盤腿坐在椅子上，一邊嗦著粉絲，一邊欣賞季恆秋居家的一面，心滿意足，愜意得很。

等季恆秋幫程夏洗完澡，江蓁也差不多吃完了，她把鍋端進廚房水槽，順便擼起袖子刷了。

她洗碗的時候土豆圍在她腿邊溜達，用腦袋蹭她褲管。

江蓁捉摸著要不要買條珊瑚絨的毯子給牠，這麼喜歡這材質。

程夏經常過來住，季恆秋家裡備著他要用的東西。洗完澡還要擦香香，雖然是兩個糙男人帶大的，但精緻的習慣一樣沒落，等會睡前再喝杯奶。

季恆秋幫程夏把頭髮吹乾，讓他先到被窩裡去。

江蓁看小孩要睡了，打算下樓回家。

她剛和季恆秋說完她要走了，就聽到程夏在臥室裡喊：「嬸嬸，妳能講故事給我聽嗎？」

季恆秋聽了一愣，哪來的習慣？以前怎麼沒見他睡前要聽故事？

江蓁應著好進了屋裡，問程夏想聽什麼故事。

季恆秋拿出手機傳訊息給程澤凱：『你到底有沒有醉？你教他的？』

程澤凱回的速度很快：『他說什麼了？』

季恆秋：『讓江蓁講故事。』

程澤凱：『哈哈哈哈，等著，還有呢，不用謝我。』

季恆秋：『還有什麼？』

程澤凱：『等等你就知道了，我把兒子給你當助攻，你爭點氣啊，多跟人聊聊天說說話。』

季恆秋：『？』

程澤凱：『睡了，晚安。』

季恆秋低罵了聲髒話，收了手機，跟著進去。

臥室裡留兩盞壁燈，他的房間裝潢很簡單，除了床就是衣櫃，沒什麼擺設。

江蓁正側身坐在床上，程夏躺在他的小被子裡。

家裡沒小孩看的書，也沒什麼書，江蓁在手機上搜了一篇兒童睡前故事，正讀給他聽。

季恆秋繞過床頭到了另一邊躺下，一隻手臂壓在腦袋下，也聽她說故事。

童話故事在他這個年紀看肯定是幼稚的，主人公又是兔子和狐狸，他們的愛恨情仇總是說不完。

程夏聽故事，季恆秋聽聲音。他第一次聽江蓁這麼溫柔地說話，放輕了語調，像窗外的銀白月光，又像拂過花瓣的微風，聽得人很舒服，不自覺放鬆了神經。

故事講完時，程夏還沒睡著，季恆秋卻生出幾分睏意。

他張嘴打了個哈欠，聽到程夏說：「嬸嬸，妳能陪我和叔叔睡覺嗎？別的小朋友都有爸爸、媽媽陪著睡覺，我沒有，也不敢和爸爸這麼說，妳和叔叔能滿足我這個小小的心願嗎？」

哈欠打了一半，季恆秋差點驚得下巴脫臼，睏意瞬間被驅散乾淨，他猛地起身看著程夏，又抬頭看向江蓁。

這就是程澤凱說的「等著」？

江蓁看著季恆秋，同樣神色尷尬。

小孩話說到這份上，拒絕太殘忍了，誰聽了都會心軟，但三個人今天睡一張床太不像樣了，這麼突然她也沒心理準備。

她窘迫的不知道怎麼回答：「我，那個……」

季恆秋接過話說：「這樣，今天就你和嬸嬸睡行不行？」

程夏一翻身，拿兩條短手臂抱住他的手臂，一臉嚴肅又正義地道：「阿啾，我們不會拋下你的！」

這是剛剛卡通裡的一句臺詞，季恆秋哭笑不得，戳戳他額頭：「你還挺機靈，活學活用上了。」

江蓁也被逗笑了，和程夏說：「行，那你保證乖乖睡覺，我和叔叔就在這陪你。」

程夏立刻蓋好被子，小手放在肚皮上，乖巧地閉上眼睛，長長的睫毛在眼下投出一片陰影。

江蓁用嘴型說：「等他睡著我就走。」

季恆秋點點頭，把程夏的助聽器摘了放進燥盒裡。

沒了助聽器，小聲說話他是聽不見的。

兩個人就這麼躺著，臥室裡安靜了一下，江蓁歪過頭問季恆秋：「他是天生就這樣嗎？」

季恆秋說：「嗯，他剛生下來身體很虛，大病小病不斷。其他都還行，就是天生聽力弱，說話、學東西也慢，現在還要額外再上課，程澤凱怕他跟不上。」

江蓁摸了摸程夏的手，軟乎乎的，都是肉，看來他的爸爸和叔叔把他養得很好。

她沒問關於程夏生母的事，好奇是肯定的，但不想窺探別人的隱私，以後有機會也能知道，不急著在這個時候問。

季恆秋的臥室裡有股柳丁的清香，有的時候湊近他也能聞到。

江蓁在這個安靜、昏暗的環境裡突然感到一種踏實，這是來申城之後第一次，心安穩地落在了實處，她在這裡找到某種不可言喻的歸屬感。

江蓁睜著眼睛看天花板，過了一下子開口說：「戀愛第一個晚上，我怎麼有種家庭美滿的感覺呢？」

聞言季恆秋低低地笑起來。

江蓁也笑，末了輕嘆一聲氣，在心裡說了句「還真不錯」。

某一刻她甚至覺得，她已經走進了曾經設想過憧憬過的餘生裡。

等程夏睡熟了，江蓁就起身走了，季恆秋送她到門口。

分別時江蓁玩笑說：「你要不要送我到二樓再上來？」

季恆秋點了下頭：「也行。」

江蓁穿著拖鞋，海拔和季恆秋差得有點多，她扯扯他手臂，讓他低頭。

一個很輕的吻，點到即止。

季恆秋摸摸她的臉，又在她鼻尖的小痣上親了一下作為回應。

「走啦，明天見。」

「嗯，明天見。」

聽到二樓響起落鎖聲，季恆秋才關上門。

他坐在客廳沙發上，傳訊息給程澤凱。

季恆秋：『你教他這個？不怕把人嚇跑啊？』

程澤凱這時當然沒睡，依舊是秒回。

程澤凱：『？』

程澤凱：『怎麼可能把人嚇跑，他說什麼了？』

季恆秋：『說別的小孩都有爸媽陪著睡，讓江蓁今天晚留下。』

季恆秋：『不是你教的？』

程澤凱：『……』

程澤凱：『我就讓他多誇你兩句，這話不是我教的。』

他們隔著螢幕都沉默了，也都意識到，這話不是教的，是小孩心裡真的這麼想。

兩個男人心思都不細，能把程夏拉拔大不算容易，以前還經常迷糊，現在的事無鉅細都是一點一點被鍛煉出來的。

小的時候也許是因為聽力不好，程夏的反應比尋常小孩要遲鈍一點，會哭，但很少鬧，大多數時間裡乖得不可思議。

他在程澤凱面前從來沒說過這話，也很少問為什麼別人有媽媽，但是他沒有不說，不代表心裡不在意這個，對於母愛的渴望也許是人類的本能。

季恆秋用手捂住臉搓了搓，心情突然沉重了。

程澤凱問他：『你後悔嗎？』

季恆秋回：『不。』

程澤凱：『我也不，這是我人生裡最他媽正確的決定。我說真的，我是有了夏兒以後才覺得，我要認真地活在這個世界上。』

季恆秋勾了勾嘴角，說：『我也是。』

五年前，是季恆秋不願意把小孩送到福利機構。他身體本來就有缺陷，怕遇不到好人家，被嫌棄受欺負。

那個時候他沒滿三十，無法領養。季恆秋求了程澤凱很久，到最後差點跪下了，保證等他一滿三十就轉移監護人。

程澤凱被磨得耳根子軟，他第一次見他那小師兄說這麼多話，但養個孩子不是小事，這不是錢財和時間的問題，更多牽扯到責任和情感。

他心疼這孩子，不願意看著師父他老人家的後代流落在外頭，但領養這事太瘋了，他的意思是找個可靠的人家，以後保持聯絡，常往來。

季恆秋是硬骨頭，比誰都倔，一旦認定了就不會動搖。程澤凱最後拗不過他，同意了。

雖然規定三十歲以上的單身男人有領養資格，但步驟手續很繁瑣，他們前後跑了很多趟，還要顧著生病的小孩，幾個月下來兩個人都瘦了三四公斤。

一個三十不到，一個剛過三十，兩個男人一夜之間成熟了。

程澤凱後來經常說，阿秋報恩，他倒撈個乖兒子。

其實他花的心思和精力絕對不比季恆秋少，程夏叫他一聲爸爸，理所應當的，他承得起。

那幾年發生在他們身上的事情太多，師兄弟一起扛過來，漸漸成了彼此的家人。

季恆秋過完三十歲生日立刻和程澤凱提了轉移監護人的事，那天晚上酒館剛開業，還沒什麼客人，他們坐著喝酒，菜是季恆秋做的。

程澤凱喝了口白酒，說：「按輩分我喊你師兄，按年齡，你要喊我一聲哥。我早說過，我這個人沒打算結婚，我也老大不小了，夏兒就留在我身邊吧。阿秋，太多東西捆著你了，你心裡的東西太多，就無法往前走。」

季恆秋沉默半晌才開口，說的是句玩笑話：「捨不得兒子就直說唄。」

程澤凱夾了顆花生米扔他：「我去你媽的，留點面子給我行不行？」

從程夏開口叫他第一聲爸爸時，事情就不一樣了，他們的血緣在心裡扎根，緊緊纏繞著，分不開。

季恆秋感謝程澤凱的地方很多，兩個男人之間不用說煽情話，他拿起杯子碰了碰，一切都在酒裡。

無論程夏的監護人是誰，他們三個的緊密不會變，永遠是一家人。

他們給不了程夏普遍意義上的家庭，但他們能給程夏的都是最好的。

過程中肯定有累的苦的，但小孩一笑彷彿能治癒全世界。

所以季恆秋說不後悔，程澤凱說這是他人生最正確的決定。

季恆秋輕手輕腳地回了屋裡，程夏睡得正熟。

他躺下，替他掖好被子。

江蓁傳了訊息過來，說吃太飽了睡不著。

季恆秋回：『去爬樓梯。』

江蓁回了個大耳朵圖圖問號臉的貼圖。

季恆秋看了看旁邊的程夏，打字說：『妳要是不介意，下次一起睡吧。』

他的本意是滿足小孩的心願，傳的時候心思純正，沒往歪處想。

但顯然有人誤解了。

江蓁：『？』

江蓁：『你大半夜傳什麼求愛申請？』

江蓁：『嘖嘖嘖，沒想到你是這樣的人。』

江蓁：『房門密碼你知道，有種現在就下來。』

江蓁：『我已沐浴焚香，只等你策馬奔騰。』

她一口氣連傳五則訊息，季恆秋剛看完一句就彈出下一條。

直到看完最後一句，他皺著眉抿著唇，表情一言難盡，心裡五味交雜，倏地意識到什麼，撥了個電話過去。

『喂。』

「喂，江蓁，妳是不是又喝酒了？」

『嗯？你怎麼知道？』她打了個飽嗝，隔著手機都能聞到一股酒味。

季恆秋認命地嘆了一聲氣，能怎麼辦呢，美女是他家的，酒鬼也是他家的。

前一天晚上喝嗨的後果就是星期一早上，江蓁因宿醉頭疼到快炸裂。

整個上午她都捧著保溫杯，開例會時也無精打采。

陶婷問她是不是不舒服，江蓁不好意思地笑笑，說自己生理期到了。

知道實情的宋青青憋著笑，遞一包紅糖沖劑給她，讓她多喝熱水。

午休時季恆秋傳訊息問她吃飯了沒。

江蓁一打開聊天室就看見她昨晚的豪言壯語，老臉一臊，傳了一排貼圖把記錄頂上去。

然後才回：『吃啦！』

季恆秋：『嗯，今天晚上做鯽魚湯，下了班早點過來。』

江蓁傳了一個ＯＫ的貼圖。

因為季恆秋這一句話，她立刻原地滿血復活，覺得外頭的陽光都明媚起來。

早就習慣一個人生活、一個人吃飯，現在有個人和她說，今天晚上家裡做了什麼菜，下班記得早點回來。這感覺太奇妙了，突然覺得這一天有了盼頭，日子是暖色調的，平淡又溫馨。

江蓁下班越來越積極這事部門裡的人都發現了，漸漸地她成了帶頭的，每天六點一到不出五分鐘辦公室裡就空了。

陶婷還挺驚喜，準時下班說明工作效率提高了，天天一堆人留下來加班她才心慌。

天黑得早，尖峰時刻來襲，華燈照耀著車水馬龍。

回去的路上，江蓁琢磨是不是該買輛車了。之前剛到申城，還沒想好留多久，就一直耽擱著，現在申城對她來說意義不一樣了，很多事情要重新考慮。

出了地鐵站還要走個幾百公尺，快到巷子口時，江蓁遠遠看見一道熟悉的身影。

季恆秋牽著土豆，一人一狗正站在路燈下，暖黃色的燈光照在他們身上，映出一層柔和的光圈。

看見她來了，土豆「汪」了一聲。江蓁踩著高跟鞋一路小跑過去，季恆秋朝她張開雙臂，等著她撲進懷裡。

「等我呢？」江蓁仰著腦袋問。

季恆秋「嗯」了聲，右手牽著狗繩，左手牽住江蓁。

很早以前他就覺得江蓁的手小，現在握在掌心裡真切地感受，他發現他幾乎能完全包住她的手。

摸到她的指尖是涼的，季恆秋把手牽著塞進自己的大衣口袋裡，捏捏她手背叮囑說：

「過兩天降溫，多穿點。」

江蓁盯著腳邊的影子，這條路她走過很多遍，這樣被人牽著是第一次。

回家這件事本來就很幸福，有人等你回家幸福就翻了倍。

時間在這一刻放慢了腳步，他們什麼話都沒說，但是心貼在一處，彼此取暖，彼此相擁。

快走到酒館門口時，江蓁想起件事，和季恆秋說：「我後天要出差，明天晚上的飛機，星期五回來。」

這是早就定好的事，茜雀的聖誕新品在十二月一日開啟全網預售，Kseven 作為推廣大使將在本週拍攝廣告，江蓁帶著于冰去盯一下現場。

戀愛談了還沒兩天呢，她就要出差。季恆秋眉頭皺了皺，沒多問什麼，回了句：「知道了。」

江蓁看到他臉上的表情，停下腳步繞到他面前，說：「怎麼像個受委屈的老婆啊？」

季恆秋挑了下眉：「我有嗎？」

江蓁笑著點頭。

「才沒。」

江蓁乾脆笑出了聲，雙手攬著季恆秋的腰，撒嬌一樣在他懷裡蹭了蹭：「可是我還挺捨不得你的，早就定下的事，不然就換別人去了。」

季恆秋戳戳她額頭：「還是事業重要，我就在這，跑不了。」

江蓁噘著嘴，這下換她委屈了。

季恆秋就著這個姿勢低頭親了一口，說：「週六那天，去約會吧。」

江蓁眨眨眼睛，嘴角的弧度一點點放大：「約會去啊？」

「嗯，去嗎？」

「去，我必須去。」

進酒館時兩個人還是手牽著手，大大方方的。

幾個店員都在偷笑，明目張膽一點的比如陳卓，直接喊上嫂子了。

江蓁朝他揮揮手打了個招呼，季恆秋讓她先坐著，自己進了後廚。

儲昊宇抱著菜單過來，靠在吧檯邊說：「姐，秋哥燉的鯽魚可香了，卓哥想舀碗湯都不准。」

陳卓擦著杯子喊了一聲：「我還不稀罕呢，這男人太小氣了。」

江蓁故意嚴肅語氣，順著他話說：「就是，太小氣了，我回頭好好教訓他。」

季恆秋端著餐盤出來就聽到三個人說他壞話，也不辯解，替江蓁擺好碗筷，讓她快吃。

一鍋魚湯熬成了奶白色，放了豆腐作為輔料，上面撒著蔥花增色。江蓁吃飯的時候，季恆秋坐在一旁，用筷子幫她挑魚刺。

這兩人明明沒幹什麼親密的事，但氣氛就夠甜膩的，陳卓直呼不忍看。

季恆秋掀起眼皮，懶懶問他：「你那『星星』呢，怎麼樣了？」

陳卓趕緊揮動手臂讓他小聲點，別被周明磊聽到了。

江蓁看了看在前檯的男人，總是文質彬彬的，兄弟倆從頭到腳沒半點像。她收回目光，問陳卓：「你哥還管你談戀愛呢？」

陳卓嘆了一聲氣，無奈地攤攤手：「人家長兄如父，我是長兄如母，妳別看我哥他平時不說什麼話，囉嗦起來比我媽還煩。」

江蓁笑了笑，只當兄弟倆感情好，倒是難得。

第二天江蓁帶著行李到公司，下了班直接去機場。

一落地季恆秋就打了電話，催她趕緊找個地方吃飯，晚上早點休息。

江蓁以前很討厭被人囉嗦，不管是媽還是男朋友，說多了覺得心煩。但她現在特別喜歡看季恆秋這副操心老父親的樣，也樂意被這麼管著。

也許是因為人類的本質是雙標，也許是在熱戀期，她看季恆秋哪裡都好。

吃飯時江蓁拍了張照片傳過去，打字：『沒你做的好吃！』

于冰看她笑得像朵太陽花，湊到她旁邊八卦：「姐，交新男朋友了啊？」

江蓁大方承認：「嗯，剛交往沒兩天。」

于冰來了興致，問她：「他做什麼的呀？」

「開了一家店，小酒館。」

于冰一聽更興奮了，拉著她繼續問：「那有照片嗎？給我看看長什麼樣啊？」

「照片……」江蓁頓住，季恆秋很少發動態，唯一一張本人出鏡的應該就是大頭照上的那隻手，料他性格也不怎麼喜歡拍照。

她說：「沒照片，下次有機會帶妳見見。」

于冰笑著應好，抱著她的手臂說要蹭蹭，讓自己的桃花也轉轉運。

拍攝上一切順利，**Kseven** 只是推廣大使，廣告拍的簡單，都是常規的，拿著產品展示展示，說兩句廣告詞就行。

第一天 **Kseven** 有另外的通告，到片場時已經快凌晨一點。

江蓁早睏了，哈欠打不停。看著那幾個小愛豆依舊面容精緻神采奕奕，在聚光燈下保持最佳狀態，她偷偷感嘆明星真不是一般人能當的。

休息時江蓁找工作人員要了兩張簽名照，幫裴瀟瀟拿的，團裡一個成員是她的新牆頭。

出差批准三天，但拍攝只用了兩天，剩下一天于冰出去玩了，江蓁留在飯店裡補覺，過了中午十二點才醒。

醒來之後第一件事就是看手機，亂七八糟的通知很多，江蓁先點進聊天軟體。

季恆秋兩個多小時前問她醒了沒。

江蓁睡眼朦朧地回覆：『醒了。』

對方沒立即回覆，江蓁揉揉眼睛起床洗漱。

等到晚上，季恆秋才撥了個電話過來。

江蓁正在吃外送，香噴噴地嗦著炸醬麵。

季恆秋問她：『明天幾點的飛機？』

江蓁嘴裡含著麵，口齒不清地回：「中午十二點落地吧。」

『行，知道了。』季恆秋頓了頓，又補充一句，『吃飯的時候別說話，噎著。』

江蓁嘿嘿笑起來：「誰讓你吃飯的時候打給我，下午去幹嘛了，一直不回訊息。」

季恆秋說：『在外面有點事，沒顧著看手機。』

江蓁「哦」了一聲，收了笑容，把筷子插進麵裡，換了隻手拿手機。

她意識到對方的含糊，但沒追問下去。要敷衍隨便扯個理由就行，不說清楚就是不方便說。

兩個人剛在一起，突然從獨立的狀態變得親密無間，肯定有不適應的地方，他們對彼此的過去和現在都不夠瞭解，這事要慢慢來，感情和信任都要慢慢培養，江蓁不急也急不了。

她最後只說：「那行，你早點休息啊。」

季恆秋大概是在家，聽得出來語氣很放鬆，像是舒服地躺在沙發上和她打這麼一通電話，他說：『好，今天程澤凱拿了一箱螃蟹回來，我留了幾隻給妳。明天按時起床，別睡過頭。』

江蓁掐著嗓子放慢語速回：「知、道、啦——」

他不直白地說想念，但話是溫柔的，江蓁聽出來了，是在催她快點回來，分開這幾天，某些人思念成疾了。

第十四杯調酒

週五，中午十二點，飛機準時落地。

江蓁推著行李箱從接機口出來，一眼就在人群中看到了季恆秋。

他照常穿著一身黑，雙手抄在口袋裡，頭髮留長了一點，不算平頭了，沒以前乍一看的那麼凶。

看見江蓁，季恆秋招了下手。

于冰扯扯江蓁衣袖，眼睛瞪得圓圓的，掩著嘴偷笑：「姐，那就是妳男朋友啊？」

江蓁漾出一抹笑，點頭承認：「走吧，他開車來的，我們送妳。」

于冰：「那謝謝姐姐、姐夫！」

走到眼前，江蓁向季恆秋介紹于冰：「這是我同事，等等能不能先送她回家？」

季恆秋接過行李箱，朝于冰微笑著打了個招呼：「行。」

他轉頭問江蓁：「飯吃了沒？」

江蓁挽上他的手臂：「吃啦吃啦。」

到了停車場，季恆秋讓她們先上車坐。女孩子出門帶的東西總是雜七雜八，兩個行李箱都挺重，季恆秋單手拎起放進後行李廂，輕鬆得不行，簡直男友力爆棚。

等他拉開車門上了車，江蓁往後視鏡看了一眼，于冰正低頭玩手機，她傾身飛快在季恆秋臉頰上落下一吻。

親完還跟沒事一樣，把臉頰邊的頭髮撩到耳後，若無其事地說：「我們出發吧。」

季恆秋用手背蹭了下臉頰，唇角掀了掀，清清嗓子收住笑意，發動車子打轉方向盤。

一路通暢，等回到巷子已經下午兩點，前兩天下了雨，今天天氣也陰沉沉的，這樣的天最容易想睡，江蓁已經打了好幾個哈欠。

季恆秋把行李拎上二樓，江蓁說要睡個午覺，太睏了。

季恆秋揉揉她頭髮：「睡吧，晚飯的時候叫妳起床。」

「行。」江蓁點點頭，關門前又叫住季恆秋，手握在門把上，只露出一個腦袋，自以為嫵媚地朝他眨了下左眼，語調輕柔地問，「要不要一起睡呀？」

上次是酒後失言，這次又刻意撩撥，季恆秋瞇了瞇眼睛，不為所動，按住她腦袋推回屋裡「砰」一聲關上門。

隔著扇門，江蓁這時膽子大了，也不知道哪來的底氣，挑釁道：「季恆秋，你不行啊。」

門鎖傳來嘀嘀嘀的聲音，江蓁才想起他掌握著房門密碼，趕緊認輸求饒：「我錯了我錯了，我真要睡了，拜拜！」

門外沒了動靜，過一下傳來腳步聲，季恆秋上樓了。

江蓁這一覺直接睡到了天黑，被窩暖和，屋裡昏黑，太適合窩在家裡沉眠不醒了。

季恆秋看她一直沒動靜，打了個電話過來。

江蓁被鈴聲吵醒，迷迷糊糊地摸到手機放在耳邊，懶洋洋地「喂」了一聲。

季恆秋說：『起床吃飯了。』

江蓁還想繼續睡，撒嬌道：「我再睡一下。」

『馬上要七點了，起來吧，不然晚上就睡不著了。』

這次江蓁直接不回話了，一閉眼又睡了過去。

季恆秋『喂』了兩聲見沒反應，掛斷電話開門下樓。屋裡靜悄悄的，季恆秋放輕腳步走進臥室。他沒開燈，借著客廳的光源走到床邊，一隻膝蓋磕在床沿上，俯身輕輕拍了拍江蓁的背，說：「江蓁，起床了。」

被套也是毛絨材質，軟乎乎的，她全身裹在裡面，安逸地合著眼。

江蓁的五官輪廓深、長相明豔，平時容易讓人覺得有攻擊性，但她的睡顏又很乖，睫毛纖長，臉頰上浮出兩團紅暈，像個小孩，季恆秋看著就心軟了。

他把人從被子裡撈出來，江蓁半夢半醒地攬住他脖子，季恆秋一個用力，托著她大腿直接抱起來，像個無尾熊掛在身上。

江蓁的臉靠在他肩上，季恆秋側過頭貼在她耳邊小聲哄：「乖寶，別睡了。」

叫人起床這事他經驗豐富，把人這麼抱到洗手間，放到洗手檯上，季恆秋抽了張洗臉巾用水沾濕，擰乾後攤開在江蓁臉上抹了一把。

涼水刺激皮膚，她下意識要躲，眼睛也睜開了，還沒完全醒過來，目光有些呆。

季恆秋笑了笑，問她：「醒了沒？」

江蓁嚶嚀一聲，伸手抱住他，臉頰肉靠在肩上被擠得變形，語氣怨恨地說：「醒了。」
季恆秋拍拍她的臉，進屋把她拖鞋拿出來，江蓁跳下洗手檯，舒服地伸了個懶腰。
走出去兩步像是回想起什麼，江蓁回過頭問季恆秋：「剛剛你是不是喊我寶寶了？」
季恆秋挑了挑眉，張口否認：「沒吧，妳做夢呢。」
江蓁撓了撓腦袋，嘀咕道：「是我聽錯了嗎？」
季恆秋幫她戴上衣服帽子，推著她往樓上走：「嗯，聽錯了。」

晚飯早就做好了，螃蟹也蒸好了，另外做了一葷一素一湯，都是家常菜。
上次知道她愛吃蟹黃，季恆秋專門挑出來剔給她，現在兩個人交往了，就不用那麼麻煩。
季恆秋把螃蟹剝開，先把蟹腿遞過去讓江蓁把黃咬乾淨了，他再接著吃，簡單又省事。
畢竟交換口水的事沒少幹，也不敢說嫌棄。
他今天做了一道合江蓁口味的麻婆豆腐，香辣美味，江蓁很給面子地吃了一大碗白飯。
飯後季恆秋從冰箱裡拿了兩瓶優酪乳，一瓶遞給江蓁，另外一瓶獎勵土豆了。
江蓁蹲下身子拿優酪乳杯碰了碰狗狗的狗盆：「乾杯！」
季恆秋路過看見，輕笑一聲說她：「傻不傻啊？」
江蓁哼了一聲：「我不是要和你兒子搞好關係啊？欸等等，土豆不會是你和哪個前女友一起養的吧？」

季恆秋抱著手臂，一副無言以對的表情。

江蓁瞪著眼睛逼近他：「老實交代，是你和哪個野女人生的！」

季恆秋用拇指關節刮了刮下巴：「妳這麼說的話，牠親媽應該是程澤凱，是三年前他送我的。」

江蓁：「……」

哇哦，這就是傳說中的「糟糠之妻」吧。

晚上季恆秋要去酒館，今天是週五，客人多。

江蓁送他下樓，走之前季恆秋點點她額頭：「明天去幹什麼，沒忘吧？」

「當然沒忘。」

季恆秋勾了勾嘴角：「走了，快上去吧。」

江蓁一邊上樓，一邊拿手機看天氣預報，明天多雲轉晴，是個陽光明媚的好天氣。

兩個人雖然認識有段時間了，但這是第一次約會，意義重大。

回到家，江蓁立刻開始約會前的一連串準備事項，洗頭洗澡護膚美甲，搭配衣服挑好香水。

明明是日常就會做的事，這一次的感覺卻有些久違，像是回到了少女時代，為見心上人一面從頭到腳精心打扮自己，滿腔炙熱愛意，樂在其中不知疲倦。

江蓁敷著面膜，趁這個時間幫自己雙手塗上指甲油，特地挑了豆沙綠色，溫柔顯白，斬男必備。

平板上是某美妝博主的新影片，標題——「無辜感小心機約會妝」，江蓁邊看邊頻頻發出感嘆，受益匪淺。

為了保證第二天皮膚是最佳狀態，江蓁不到十二點就戴上蒸汽眼罩上床睡覺了。

季恆秋從酒館出來傳訊息給她都沒回，睡了一下午晚上還能接著睡，她的屬性也許真是樹懶。

季恆秋早上醒得早，通常都會帶著土豆出去晨練，今天不一樣，有要緊事，他幫土豆換了新的水和狗糧，盤腿坐在毯子上擼牠腦袋，黃金獵犬很喜歡這麼被人順毛。

「今天不出去跑步了，你好好看家。」

土豆「汪」了兩聲，也不知道是說好還是不好。

九點多，江蓁傳訊息給季恆秋，說可以準備出發了。

季恆秋從沙發上拿了外套穿上，把車鑰匙、手機統統塞進口袋裡開門下樓。

噠噠往下邁了兩步，他覺得自己表現得有些太猴急了，像個毛頭小子，這樣不行，不符合他人設，又慢下步子閒庭信步地走。

江蓁已經等在樓下，聽到腳步聲她抬眸看過來。

深秋的天空萬里無雲，風吹起地上的落葉，還殘留著雨後潮濕的水氣。

陽光下她緩緩轉身，眉眼彎彎，滿是笑意。

四目相對，季恆秋胸腔收緊，丘比特落下的箭晃了晃，心不受控制地發顫。

江蓁向他伸出右手，他停下腳步這麼看了兩秒，加快步伐走到她身前牽住那隻手。

尋常的一天，戀愛中的人卻看什麼都有趣，天是漂亮的，落葉是漂亮的，萬物都被加上一層濾鏡。

走在路上，江蓁問他：「我今天漂亮嗎？」

她特地換了個風格，白色毛衣搭配半身長裙，長髮用鯊魚夾固定住，妝容也比平時淡，將韓系好嫁風詮釋得淋漓盡致。

季恆秋打量她一眼，點頭「嗯」了一聲：「漂亮。」

江蓁卻像是不滿意這個答案，話裡帶刺：「你是不是喜歡這個類型啊？前女友也是這個風格的。」

季恆秋不知道這裡頭還有個坑等著他跳，瞬間緊張起來：「什麼風格？」

江蓁上下指了指自己：「就這種啊，賢妻良母。」

季恆秋無奈地嘆了一聲氣，戳戳她額頭：「誇妳漂亮就是誇妳，自己非要扯到別人找氣受，上次和妳說了別亂想，腦袋裡整天裝什麼？」

江蓁噘了噘嘴，女人的糾結點一向清奇：「所以你是不是喜歡這個類型？」

季恆秋不答反問：「我喜歡妳，妳是哪個類型？」

江蓁「呵」了一聲：「我百變小櫻型，你喜歡的樣子我都有。」

季恆秋快被氣笑了，一路上竟是沒營養的對話：「行，百變小櫻。」

申城的武康路被譽為「濃縮近代百年歷史的名人路」，地標性建築武康大樓原名諾曼第公寓，其建築是典型的歐式文藝復興風格，曾有不少文化演藝界名人在此居住。

如今時過境遷，紅牆斑駁，不似當年輝煌，卻更添風雅，韻味悠長。

上午人還不多，換了平時長街熱鬧非凡，路上經常能看見各類街拍的年輕男女。

季恆秋和江蓁各自手裡一杯熱咖啡，手牽著手壓馬路。

梧桐葉金黃，落了一地，踩在上面發出咯吱咯吱的響，放眼望去，秋意盡收眼底。

在深秋的早晨這麼悠閒地走在路上，生活節奏被放慢了，時間也慢了下來。

按照他們的性格都不像是文藝的人，但真做了又沒一點違和。

也是，談戀愛嘛，就是做些沒意義但浪漫的事。

走到街口有個穿著時尚的男人攔住他們，脖子上掛著相機，說自己是一個攝影網紅，想幫他們拍張照。

江蓁剛想拒絕，卻聽季恆秋說：「行。」

男人笑著道了謝，往後退了幾步指導他們怎麼擺姿勢：「放輕鬆一點，像你們剛剛這麼走過來就很好！」

看江蓁還愣著，季恆秋捏捏她手背，問：「介意嗎，介意就算了。」

江蓁搖搖頭：「沒，我怕你不喜歡。」

季恆秋牽著她繼續向前走，微微偏過頭輕聲說：「免費攝影師，不拍白不拍。」

江蓁「噗哧」一聲笑出來，偷偷掐了下他的手臂，讓他正經點。

他們一說話就忘記有鏡頭拍著，表現得很自然，攝影師連續抓拍了幾張。

最後和他們道完謝，攝影師還告知了自己的社群帳號，讓他們過兩天可以去看看修好的圖。

這麼一個小插曲讓江蓁對季恆秋又有了點不一樣的認識。

她問他：「你不介意拍照啊？」

季恆秋覺得莫名其妙：「我幹嘛介意，我長得醜嗎？」

江蓁趕緊道：「不醜不醜，帥得很。」

就是覺得酷哥應該很冷很拽才對，她越發覺得季恆秋雖然看起來不好惹，但其實皮下屬性就是隻大狗，溫順隨和，好說話好欺負。

江蓁從口袋裡摸出手機，打開相機：「那我們自己也拍一張。」

今天的鞋跟不高，她怎麼舉還是只能拍到季恆秋下巴，要不然她就只有額頭入鏡。

季恆秋看著她墊腳找了半天角度，忍不住笑出了聲，實在看不下去了，矮子的世界就是有諸多不便。他接過手機長臂一揮，微微彎下腰對準兩人按下了拍攝鍵。

「走吧，去吃飯。」季恆秋把手機還給江蓁，邁步向前走。

江蓁點開相簿，本還擔心直男拍照技術無法看，但剛拍的那張照片出乎意料的不錯，畫面清晰，光線正好，兩個人腦袋靠在一起，她瞇著眼睛笑，季恆秋眼裡也有未散的笑意。

「再多拍兩張唄。」江蓁小跑兩步跟上去。

季恆秋攬上她脖子帶著往前走：「餓了，先吃飯。」

午飯是在吳興路的一家店吃的，門口掛著兩塊木牌，一面寫著「一麵春風」，是家麵館，一面寫著「人間酒暖」，是專賣清酒的小酒館。

兩家店共用一扇大門，進門右轉是麵館，環境簡潔清雅，很安靜，偏日式風格，但菜品又融合了傳統滬式風味。

江蓁跟著季恆秋點了一份雙龍拌麵，鱔絲搭配肉絲炒韭黃，味道鮮美，口感豐富。

季恆秋還額外點了醉燜蹄和梅漬小排，說是這裡的特色。

豬蹄用酒燜燉，肉質酥軟綿密，小排口味酸甜，梅香四溢，開胃又下飯。

找個會做飯的男人當男朋友，別的不說，起碼在吃這一方面江蓁近來被餵養得很好。

吃飽喝足她打了個飽嗝，幸好毛衣寬鬆，能遮一遮小肚子。

吃得太撐身子變得笨重，江蓁搭著季恆秋的手臂起身，拿手撐了一把後腰，揉著肚子嘟嚷：「完了，吃太飽了。」

季恆秋覺得挺好，他現在沒別的心願，就想把江蓁餵胖一點，臉上身上多長點肉，不然一隻手都能拎起來，太輕了。

他結帳時，江蓁站在門口拿手機拍了兩張街景，留著晚上發社群。

等季恆秋出來，手上卻拎了個紙袋。

「這什麼？」江蓁扒開看了看，裡面是個外帶盒，「你又買了一份嗎？」

季恆秋清清嗓子，繃著嘴角在憋笑：「小排，老闆送的。」

江蓁眼睛亮了亮：「送的？為什麼啊？」

季恆秋捏了一下她的臉頰：「不知道，看妳漂亮吧。」

江蓁捂著嘴一臉受寵若驚，纏著季恆秋追問：「真的嗎？他這麼說的？我都能上街刷臉了？」

季恆秋點點頭，隨她怎麼認為。

其實剛剛在店裡，老闆的原話是：「你老婆幾個月了？我剛剛看她很喜歡吃小排，我夫人懷孕的時候也很喜歡吃，一天一盤呢。幫你們打包了一份，小小的祝福，我們也當沾沾喜氣。」

雖然是個烏龍，但也是旁人的一片好心，季恆秋不好拒絕，走之前遞了張名片給老闆，說自己也是開店的，有空來光顧，請他們喝酒。

吃頓飯還結交個新朋友，這是季恆秋以前沒有的事，甚至很長一段時間裡他對社交只剩厭惡和恐慌，自暴自棄地認為這個世界無趣又殘忍。

走出去兩步，季恆秋停下，俯身抱住江蓁。

江蓁攬住他的腰，問：「怎麼了？」

季恆秋毫無徵兆地冒出一句：「謝謝妳。」

江蓁覺得奇怪：「謝我什麼？」

——謝謝妳讓我開始喜歡這個世界。

——謝謝妳給我的光。

「沒什麼，就謝謝妳。」季恆秋牽住她的手，十指相扣緊緊握在掌心，「走吧。」

到了下午武康路人聲喧嚷起來，路過一家店，見門口圍著一群人，愛看熱鬧的江蓁拖著季恆秋往人堆裡湊。

是家新開業的霜淇淋店，叫Sweety，店面裝潢很粉嫩可愛，門口擺著一張海報，上面寫著新店開業促銷，情侶當場接吻十秒即可免費獲得霜淇淋一份。

門口圍了很多人，非情侶或單身的等著看戲，年輕情侶又猶猶豫豫覺得不好意思。

這樣的活動不過是為了行銷噱頭，這年頭的商家小腦袋瓜裡真是充滿奇思妙想。

江蓁拿手肘拱拱季恆秋，一抬頭卻見他皺著眉，表情一臉凝重。

「怎麼了？」江蓁問。

季恆秋嘆息了一聲，妥協道：「行吧。」

「行什麼，唔……」

沒說完的話被壓下來的唇堵住，江蓁瞪大眼睛，像偶像劇裡被男主角強吻的無辜女主角，澈底失去表情管理。

季恆秋剛彎腰吻上江蓁，周圍的人群就炸開了，掌聲和起鬨聲陣陣，漸漸有幾對情侶受到鼓舞也開始接吻，場面一度變得不可控制。

十秒時間到，季恆秋鬆開了江蓁，第一次面對這麼多人的目光，他刮了刮下巴，覺得彆扭，不敢抬眸看，耳朵尖泛起了紅。

旁邊有人喊：「哥！好樣的！」

季恆秋尷尬地扯了扯嘴角，臉皮快撐不住了。

江蓁還沒回過神，糊裡糊塗被不知道從哪冒出來的店員塞了張愛心號碼牌，跟著季恆秋進了店裡。

很快一大碗草莓霜淇淋擺上了桌，服務生朝他們熱情洋溢地祝福：「希望你們能像Sweety 一樣永遠甜甜蜜蜜，恩恩愛愛，請慢用喲！」

江蓁往四周看了看，坐著的情侶一對比一對年輕，有一桌怎麼看都未成年，只有他們這對平均年齡已過三十的叔叔阿姨，混在其中臭不要臉。

她是喜歡看熱鬧，但她不喜歡當熱鬧啊！

說到底，罪魁禍首還是神經搭錯的季恆秋。

江蓁「啪」一聲一掌拍在桌上，季恆秋嚇得往後一躲，剛舀的一勺霜淇淋也抖掉了。

「季恆秋，你怎麼想的呀？一把年紀了，當著這麼多人的面，不嫌丟人啊你。」

季恆秋太冤枉了，是他想吃嗎，他抬抬手臂，說：「妳剛剛不是這個意思嗎？」

江蓁閉了閉眼睛，深吸一口氣，咬著後槽牙說：「我是想讓你看旁邊那對一直猶猶豫豫不敢上的小情侶，我是讓你……我是那種饞一碗霜淇淋的人嗎？」

季恆秋挑了挑眉，表情說著「妳看起來太像了」。

江蓁也沒真生氣，想想還覺得挺好笑，季恆秋在某些時刻總是不鳴則已一鳴驚人。

他們的戀愛真是平淡中轟烈，轟烈中又不失詼諧。

江蓁和季恆秋化羞恥為食欲，把一碗霜淇淋吃得乾乾淨淨。別說，還怪好吃的，白嫖來的就是香。

下午沿街散步，兩人本還糾結晚飯去哪裡吃，被一通電話召回酒館。

裴瀟瀟今天身體不舒服請假了，店裡人手忙不過來，程澤凱讓他們玩夠了就趕緊回來幫忙。

都說久病成醫，來店裡吃了那麼多次，江蓁做起服務生可謂得心應手。

屋簷上風鈴響，木門開合，走進來一對情侶，郎才女貌，看起來十分登對。

江蓁帶著他們在吧檯落座，將菜單遞過去。

年輕女人翻看了一下，把菜單遞給對面的男人：「老公你看，這家還挺有趣的，有道菜叫『主廚今日心情指數』。」

江蓁為他們說明道：「對，這是我們店的特色，吃什麼主廚定，你們放心，我們家主廚做什麼都好吃。」

年輕女人笑著點頭：「哦，這樣啊，那我希望你們主廚今天心情不錯。」

她是單眼皮，笑起來還有酒窩，是很耐看的長相。而她的丈夫氣質溫和，戴著細框眼鏡，長得像韓劇裡某個男演員。

兩個人都溫溫柔柔的，江蓁偷偷多看了他們兩眼，帥哥美女的組合就是養眼。

說話間楊帆從後廚出來，朝江蓁喊了一聲：「小江姐！」

得到的回應卻是兩道重疊的「欸」。

江蓁和年輕女人對視一眼，彼此都笑起來。

另一位「小江姐」解釋道：「不好意思啊，我姓姜，家裡有弟弟也這麼喊我，反射性就應了一聲。」

覺得有緣，江蓁問她：「妳是哪個ㄐㄧㄤ？」

「孟姜女的姜。全名姜迎，歡迎的迎。」

「哦──美女姜啊。我是三點水的那個江，江蓁，蓁是草字頭下一個秦。」

前面那句話一語雙關，姜迎被她說得臉一紅，老公就坐在對面，還被一個姐們撩了，這哪能服氣，她不甘示弱地撩回去：「哦——不愛江山愛美人的江。」

說著兩個人都笑起來，這就算是認識了，本就覺得合對方眼緣，現在更是一見如故。

楊帆喊江蓁是想讓她去後廚幫忙上一下菜，見她一直沒來季恆秋自己端出來了。

姜迎張望了一圈，問江蓁：「妳是這裡的老闆娘吧？」

江蓁愣了愣，不知道該承認還是否認，索性把問題拋給季恆秋：「老闆，我是嗎？」

季恆秋正給客人上菜，聞聲抬頭往這桌看過來，剛剛的對話他聽見了，人家問江蓁是不是老闆娘。

隔著一條走道，季恆秋說話的聲音不大，淹沒在大堂的嘈雜裡，江蓁沒聽到，但她看到了他的嘴型——一個很肯定的「是」。

他說完面上仍舊不動聲色，拎著餐盤轉身回了後廚。

江蓁清了清嗓子，壓住想要上揚的嘴角，心裡偷摸著樂。

姜迎對江蓁說：「妳男友真酷！」

江蓁剛想說「我也這麼覺得」，就聽見桌對面的男人咳嗽了兩聲，她話鋒一轉，誇讚道：「也就酷了點，還是妳男友帥！」

姜迎笑起來，眼睛彎成兩道月牙：「帥，都帥，帥得各有千秋！」

週六晚上是酒館生意最興隆的時候，過了十二點店裡還有好幾桌客人。忙了一整晚，江蓁站得腰痠背痛，季恆秋倒了杯溫水遞給她，大手在她肩上揉了揉。季恆秋的力道掌握得剛好，夠力又不至於疼得受不了，江蓁閉上眼睛享受男朋友的免費按摩，舒服得很。

季恆秋問她：「累不累？」

江蓁搖搖頭：「還行。」

「這麼辛苦，要給妳獎勵。」

江蓁摸到季恆秋的手，抓著送到嘴邊親了一口，眼睛還是閉著，仰著腦袋對他說：「這不是已經給我一個大寶貝了嗎？」

程澤凱剛進後廚就看見小倆口在放閃，撇著嘴嘖了兩聲：「我也累啊，阿秋你也來幫我揉揉肩。」

季恆秋理都不理他，頂多回頭買個按摩椅給他，體諒一下奔四的老男人。

看來今天打烊不會早，季恆秋讓江蓁先回家，她也實在有些熬不住了，打了一個長長的哈欠，彷彿沾到枕頭就能進入夢鄉。

和季恆秋道完別，江蓁提包走到門口，卻被跟出來的程澤凱喊住。

晚風吹得鈴鐺響，已經沒有客人再來了，街道上很安靜。

江蓁回身站住，問他：「怎麼了？」

程澤凱往前邁了半步，兩個人去旁邊說話，其實也不是什麼大事，就是他心裡總惦記著，不挑個機會說出來心放不下：「沒什麼重要的，我就說兩句，別嫌我事多。」

江蓁搖搖頭：「不會，你說。」

程澤凱本來想點根菸，拿出半根又塞了回去，雙手插在皮夾克口袋裡，背靠在牆上，語氣難得這麼深沉：「我認識季恆秋快十年了，他什麼樣的人我很清楚，我說這句話就是為了私心。江蓁，我相信妳和他交往，也是想著要過一輩子的。我想說的就是，以後要是你們遇到了什麼事，我希望妳到時候別怕麻煩，多瞭解他一點，多點耐心，把這個人看清楚了。」

江蓁垂下視線抿了抿唇，不太理解這番話的用意，兩人剛交往還在熱戀期呢，程澤凱這話說得太重、太突兀了，好像認定他們之間會在某一天爆發出問題，而江蓁會不夠堅定。

雖然聽了心裡彆扭，但知道對方是出於好心，江蓁點點頭：「行，我知道了。」

程澤凱站起身，放緩了語氣：「我就說這個，耽誤妳時間了，早點回去休息吧。」

江蓁扯了扯嘴角：「哪裡的話，那我走了，以後有什麼事再聊。」

不被擾亂心情是不可能的，但江蓁沒那麼多彎彎繞繞的心思，想了一路一回家就忘了，倒頭睡下，一覺到天亮。

在她看來季恆秋沒什麼特別大的缺點，有也是他的特質。

她這時太喜歡季恆秋了，覺得程澤凱那些話純粹是杞人憂天，這麼難得才遇見的人，哪捨得啊，吵架可能都吵不起來。

接下來的一週還是和之前一樣，江蓁白天上班，晚上有的時候在酒館幫忙，有的時候閒在家裡。

季恆秋最近開始嚴格管制她的飲酒情況，江蓁難得能嘗到一杯，還是在和陳卓小心翼翼暗度陳倉的情況下。

作為交換條件，季恆秋也開始戒菸了，兩人相互監督，一起走向健康生活，爭取長命百歲。

他們這麼樓上樓下的，約等於半同居，江蓁經常一下班先往三樓跑，等睏了再下樓睡覺。酒館到了晚上才開門，非營業時間季恆秋通常都在家，偶爾白天出門辦事，他不細說，江蓁也不多問。

週四晚上，江蓁躺在季恆秋家的沙發上看電視，土豆趴在窩裡，季恆秋在廚房裡熬牛肉醬，整間屋子飄著香味。

手機收到新訊息，是之前志工活動的領隊張卉傳來的，說後天週六會舉辦一個公益領養會，只要符合條件就可以從平臺免費領養一隻流浪動物，現場需要幾名志工幫忙。

她問江蓁要不要來參加，來的話就幫她留個名額。

江蓁看到訊息沒立即做決定，先轉頭喊季恆秋，問：「你週六打算幹嘛呀？」

季恆秋的聲音從廚房裡傳來：「白天有事要出去，怎麼了？」

「沒，你要有事那我就去參加個志工活動，我也不想閒在家裡，無聊。」

季恆秋應了一聲「行」，又說：「星期天晚上有個朋友的火鍋店新開業，跟我一起去吧，妳不是說想吃火鍋嗎？」

江蓁「耶」了一聲：「真好，跟著秋老闆就是吃香的喝辣的！」

季恆秋端著個小碗出來，用勺子沾了一點醬遞給江蓁：「嘗嘗味道。」

江蓁咂咂嘴，評價道：「再放點辣吧，鹹度剛好。」

季恆秋拍了拍她腦袋，說：「我師父以前經常說一句話。」

江蓁問：「什麼？」

「一個人的口味要寬一點、雜一點，南甜北鹹東辣西酸，都去嘗嘗。」

說完，季恆秋端著碗又走了，江蓁愣了好久才反應過來他話裡的意思。

多新鮮，季恆秋現在還會拐彎抹角噎人了。

週六上午，江蓁到達領養會的舉辦地點，活動的規模還挺大，來諮詢或領養的人很多。

領養會的入口處安排了一個攝影展，都是溪塵拍的流浪動物，他很擅長掌握照片的對比感，有時是色彩，有時是明暗。牆上好幾張照片都是流浪貓狗的眼部特寫，髒兮兮的身體和清澈無垢的眼眸，這樣直觀的反差很能讓人動容。

江蓁主要負責現場秩序引導，到了下午張卉安排了別的任務給她。

HTG平臺救助的小動物一部分像這樣被人領回家，還有幾隻會送到附近的養老院，有些老人孤僻，不願意跟別人交流，小貓、小狗多少算個陪伴，讓他們不至於太孤單。

江蓁跟著張卉，下午去養老院做交接工作。

一共送去三隻貓兩條狗，平臺的負責人和養老院的工作人員在辦公室清點登記。

她們等在外面，一時間還好不了，張卉提議出去逛一圈。

下午這時太陽好，空地上有好多老人在曬太陽閒聊。

張卉感嘆說：「將來我的老年生活有這麼安逸就好了。」

江蓁笑了笑，這些事還早呢。

她們找了張長凳坐下，暖和的陽光照得人昏昏欲睡。

江蓁慢慢地眯起了眼睛，在意識快要空白之前，一聲尖銳撕裂的叫聲打亂了午後的安寧，她嚇得一激靈，整個人瞬間清醒。

周圍的人小聲議論，但沒人圍上去看，似乎這樣的事情已經不是第一次發生。

江蓁循著叫聲的來源看去，是在花壇後，一個老太太坐在輪椅上，她身前蹲了個男人。

陽光有些刺眼，江蓁抬起手擋在額頭上，恍惚間看到了熟悉的身影，她站起身往前走了兩步，想看得更仔細些，怕是自己眼花了。

那老太太剛剛聲嘶力竭地喊了一聲，現在全身發抖，雙目眥裂，不知因什麼動怒，咬著牙狠狠朝男人砸了件東西。

她用了全部力氣，像孤注一擲般把憤恨發洩在這一扔上，那是個保溫杯，外層是不銹鋼的，這麼近距離砸下，男人立刻捂住額頭，站起身的腳步也不太穩。

江蓁呆滯在原地，已經失去了思考的能力，腦子裡只有老人那張充滿憎惡的臉和男人結結實實挨的那一下。

鈍器砸在眉骨上，想想都知道有多疼，江蓁手攥成拳，指甲掐進肉裡。

看護聽到動靜立刻趕了過來安撫老太太，同時讓男人快走。

江蓁躲在花壇後，直到男人快步離開，她捂著胸口呼出口氣。

張卉過來找江蓁，卻見她一副丟了魂的樣，關切道：「怎麼了，身體不舒服啊？」

江蓁搖搖頭：「沒事。」

張卉扶住她半邊手臂：「走吧，那邊應該快好了，我們回去吧。」

江蓁又回頭看了一眼，看護已經推著人回去了。

她聽到不遠處有人說：「哎，一下子把人家當親兒子，一下子又說是什麼殺人犯，恨不得要了人家命，你說她到底什麼時候糊塗什麼時候清醒啊？」

「我怎麼知道，她精神一直不太正常，反反覆覆的，也就那小夥子時不時來看看她，這麼多年了一直都這樣。」

「那是誰啊，她家裡的親戚？」

「誰知道呢，反正不是兒子，她兒子早死了。」

那些交談聲漸漸遠去，江蓁打開手機切到聊天，卻遲遲打不下一個字。

她剛剛一直背對著，沒看見正臉，以前她沒能認出樓下晨跑的男人是他，但現在不會認錯，那道背影她太熟悉了。

那分明就是季恆秋。

第十五杯調酒

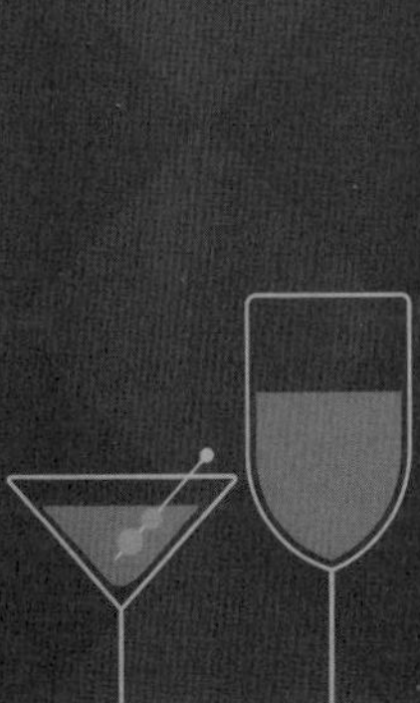

從養老院出來，張卉和江蓁說可以先回家了，接下來沒什麼事需要幫忙。

江蓁和她在門口道別，沿街走了一段路，到公車月臺時卻沒想好該去哪。家不想回，回去會遇到季恆秋，她現在還沒從剛剛的場面裡緩過來，不知道怎麼面對他。

季恆秋不主動提，那她也不會問，兩個人在一起沒必要是透明的。還是那句話，慢慢來。

但她又很想知道，那老太太和他到底是什麼關係，從來沒聽他說起過有這個人。為什麼剛剛那一下他不躲開，明明可以躲，卻像個傻子一樣在那給人當出氣筒，稍微往下一點就是眼睛，砸壞了怎麼辦？

越想越氣，覺得季恆秋腦子有病，聽說他經常來養老院，是不是還經常挨揍？她放在心尖上的大寶貝，但寶貝自己不疼自己，自己糟蹋自己，江蓁一邊心疼一邊氣。

磨蹭到了傍晚，天邊的雲霞被黑暗一點一點蠶食吞沒，城市亮起華燈。

江蓁找了家店隨便吃一口，季恆秋問她什麼時候回來、晚飯吃了沒，江蓁心裡還有情緒，很冷酷地回『在吃』。

平時都會附帶一張照片，今天沒有，沒心情分享。

過了七點她才回到巷子，先去酒館，季恆秋在後廚，江蓁坐下點了杯酒，想了想又說算了，讓陳卓倒了杯雪碧。

冰冰涼涼的汽水灌下，江蓁呼出一口氣。

陳卓看她一眼，問：「嫂子，有心事啊？」

江蓁否認道：「沒。」

她重新調整了下面部表情，去後廚找季恆秋。

後廚看樣子很忙，門邊掛了個牌子，寫著閒人免進。

「閒人」江蓁停下腳步，轉而走向前檯，和裴瀟瀟說：「我先走了，等等和你們老闆說一聲，就說我已經回來了。」

裴瀟瀟應道：「好嘞姐！」

收到簽名照以後裴瀟瀟倒戈陣營了，把江蓁當親姐，喊季恆秋姐夫。

回到家江蓁草草洗漱，窩在沙發上，隨便挑了部電影打發時間。

她看得不專心，腦子裡還想著白天的事。

等影片落幕，螢幕上滾動著演職人員表，家裡的門鈴響了。

江蓁起身開門，季恆秋一見她就問：「怎麼了，不舒服啊？」

大概是陳卓說的，江蓁搖搖頭，視線落在季恆秋的額頭上。

腫了一小塊，青紫瘀青中間泛著紅絲。

她明知故問道：「額頭怎麼了？」

季恆秋回：「撞的，沒事。」

「怎麼這麼不小心？」

季恆秋笑了笑：「走路盯著手機看。」

這時見到他，江蓁只剩下擔心，還有點替他委屈。

季恆秋在沙發上坐下，江蓁找出一支活血化瘀的藥膏。

其實是今天在回來路上去藥店買的，還是新的，包裝都沒拆。

季恆秋沒起疑，乖乖坐著讓江蓁抹藥。

她動作放得很輕，但棉花棒碰上去還是惹得季恆秋「嘶」了一聲。

江蓁低頭輕輕吹了口氣，說：「以後小心點，這砸……撞得也太狠了。」

抹完藥膏，江蓁用拇指摸了摸季恆秋另一邊眉骨上的小疤，問他：「這個是怎麼來的？」

季恆秋垂下視線，不知道是在猶豫要不要說，還是要怎麼說。

過了幾秒，他開口的聲音有些啞：「小時候我爸經常打我，一喝酒就打，下手沒輕重。」

這好像是他第一次提起家人，江蓁注視著他，聽得很認真：「他打的？」

季恆秋搖搖頭：「那個時候我都十一二歲了，會跑。」

他指了指窗外，繼續說：「以前這條巷子很老舊，條件差，路倒是挺寬的。現在酒館的位置就是我師父當年開的店，一家小餐館，開了很多年，生意一直很好。有一次我爸在後面追我，我在前面跑，看到有扇門開著就轉進去，跑到餐館後廚，門後面就是灶臺，我一腦袋撞那角上，直接磕出了血，坐在地上哭。我爸在外頭喊我名字，我師父捂著我的嘴不讓我出聲，怕被發現，我的眼淚鼻涕流了他一手。」

季恆秋說到這裡時，掀唇笑了笑，眼神柔和：「他後來還老拿這事說我，把我小時候那些事當笑話講給程澤凱聽。」

江蓁也跟著彎了嘴角，問：「那你們是怎麼成為師徒的？」

季恆秋沒料到她會這麼問，收了笑意，語焉不詳地說：「感興趣唄，就跟著學了。」

江蓁點點頭，往前一步跨坐在他身上，低頭吻了吻那道凹陷下去的小疤。

季恆秋扶住她的腰，仰起頭問：「是不是挺醜的？正好磕在角上了，早知道就該去醫院縫針，留了這麼一個疤。」

江蓁又吻了一下：「不醜，特別帥，有黑社會老大哥的感覺。」

季恆秋被這個形容逗樂，手從腰移到後頸，直起上半身吻上江蓁的唇。

吻得並不激烈，輕輕柔柔地貼合在一起，有意無意地勾扯舌尖。

兩個人白天裡都遇到了點不愉快的事，現在情緒被溫柔安撫，這個吻比往日的都綿長。

親完江蓁趴在季恆秋肩上平緩呼吸，黏上了，捨不得分開。

季恆秋摸著江蓁的髮尾，倏地聽到她說：「以後別再受傷了。」

江蓁摟住他的脖子，手臂收緊了些，誇張語氣說道：「傷在你身！痛在我心！」

季恆秋沉聲笑：「知道了。」

他坐了一下就要走，聽到陳卓說今天江蓁好像不太高興才抽身跑出來的，還要回店裡幫忙。

走之前江蓁把藥膏塞他口袋裡，叮囑他：「晚上睡覺往左邊側著睡，別壓到了，藥膏記得塗。」

季恆秋應好，讓她早點睡。

入了夜，巷子裡萬籟俱寂，偶爾有幾聲狗吠。

江蓁心裡掛著事，失了眠，翻來覆去難以入睡，摸到手機一看都快兩點了。

還是想著養老院裡那一幕，她傳訊息給程澤凱。

──『季恆秋的父母現在都怎麼樣了啊？』

程澤凱大概是睡了，沒回訊息。

本來這事不該向別人打聽，直接問季恆秋就行，以前她是不在意，想著以後慢慢瞭解，現在經過了白天的事，這話就問不出口了，怕踩到雷。

一直沒收到回覆，江蓁關上螢幕重新躺好，迷迷糊糊到天快亮才睡著。

醒來已經快中午，江蓁點進聊天室，忽略其他訊息先看程澤凱的回覆。

第一則是：『他沒和妳提過？』

過了一個小時又傳了一則：『他爸媽很早就離婚了，他媽後來嫁到外地去，基本沒聯絡。他爸也在外頭，多的我也不是很瞭解。』

江蓁早就察覺到季恆秋和父母的關係疏離，這兩個人幾乎沒在他生活裡出現。她抿了抿唇，又問程澤凱：『那你們的師父呢？』

這次很快就回了，程澤凱說：『六年前生病過世了，把店留給了季恆秋，這事對他觸動挺大的，師父對他來說是很重要的人。』

江蓁咬著下唇，其實多多少少猜到了，真說出來還是覺得惋惜。季恆秋經常提到師父，看得出來感情很深。

程澤凱最後說：『阿秋他吧，沒什麼親戚朋友，妳認識的基本就是他所有熟人了。』

相處這些日子，江蓁也感受到了，季恆秋的生活基本就是家和酒館兩點一線，生活圈子特別簡單。

那養老院裡的老太太又是誰？

這時再想知道她也沒勇氣再問下去，回覆道：『好，我就是突然想起來問問。』

退回到訊息列表，江蓁點開季恆秋的聊天室。

還是照常的那幾句，起床了沒、午飯想吃什麼、醒了就上樓吃飯。

她剛要打字季恆秋就又傳來一句：『還沒醒？昨天晚上熬夜幹嘛了？』

江蓁眼中泛出柔和的笑意，掀開被子起床洗漱，在睡衣外裹了件外套就往樓上去。

季恆秋正在炒菜，拎著鍋鏟出來開門，邊回廚房邊說：「家門密碼是一七〇五二〇，以後自己開門進來。」

江蓁默念了一遍，皺起眉問：「一七年你生日？是什麼重要日子嗎？」

季恆秋回答說：「土豆來家裡那天。」

江蓁「哦」了一聲，蹲下身子抓抓土豆下巴上的毛：「看來你爸很愛你哦。」

季恆秋端著一盤菜從廚房出來，江蓁嗅著香味到餐桌邊，撚了一塊排骨就往嘴裡塞。

「小心燙。」

江蓁嚼著肉比了個讚：「好吃！」

季恆秋點了點她的指腹：「去盛飯。」

江蓁走進廚房，熟門熟路地從櫃子裡拿了碗，打開電鍋蓋子，熱氣蒸騰而出。

盛好飯江蓁端著兩個碗出來，一藍一粉，已經成了他們專用。

過了一晚，有些事顯得沒那麼重要。

突然間想明白了，不管那是誰、季恆秋身上發生過什麼，都沒必要讓它影響到現在的心情。

她只需要知道，一個做飯好吃、看起來凶狠但其實特別溫柔特可愛的季恆秋不會變，這就夠了。

晚上說好要和季恆秋去朋友的火鍋店，江蓁下午特地精心梳妝打扮，爭取多幫男朋友長面子。

她坐在地毯上化妝，季恆秋就躺沙發上看電視。

手機鈴聲響起時，江蓁剛畫完半邊眉毛。

季恆秋從口袋裡摸出手機，接通放到耳邊：「喂。」

不知道對面的人說了什麼，他突然從沙發上彈起，加快語速道：「行，我馬上過去。」

江蓁心裡一沉，問他：「出什麼事了？」

季恆秋拿了外套走到門口換鞋：「程夏受傷了在醫院。」

江蓁匆匆幾筆畫完另一邊眉毛，拿了支口紅塞口袋裡也要跟著去：「不是下午在輔導班上課嗎，怎麼還受傷了？」

「先去醫院看了再說吧。」

季恆秋一路加速趕到醫院，找到程夏時走廊裡站了挺多人，還有小孩子的哭聲，叫喊得讓人頭疼。

程夏在裡面處理傷口，額頭上的傷口挺深，江蓁往裡頭看了一眼，程澤凱抱著小孩正輕聲安慰。

門外面站著的有輔導班的老師，閉著眼哭得正凶的小男孩看來就是「始作俑者」，他的父母也在旁邊，嘴裡時不時說他兩句。

季恆秋和老師打了個招呼，是個年輕女孩，發生這種事她也挺難受，一直在道歉。

季恆秋擺擺手，沒說什麼，不擅長應付這樣的場面。

兩邊家長站著都挺尷尬，季恆秋不主動打招呼，心裡也憋著氣。

對方看他臉色陰沉，一百八十幾的個子，穿著一身黑，往那一站頗具威懾力，便把目光轉向旁邊看起來和善一點的江蓁。

男孩媽媽問她：「你們是程夏的……」

江蓁回答：「叔叔、嬸嬸。」

男孩媽媽笑了笑，想和解了事：「男孩子嘛，打打鬧鬧很正常，我們宇豪不是故意的，發生這樣的事我們也很抱歉。」

江蓁瞄了那小男孩一眼，比程夏高了一個頭，體型是他的兩倍，臉上的巴掌印應該是剛被爸媽打的，除此之外沒別的地方掛彩。

男孩子打打鬧鬧？不是故意的？怎麼看都是他們家程夏單方面受了欺負。

江蓁勾了勾嘴角：「這樣吧，老師妳跟我們說明一下情況。」

她刻意補了一句，語氣很溫和，話裡全是刺：「不用偏袒誰，如實說就行。」

對方家長立刻變了臉色，這家人怎麼一個比一個不好惹？

來的老師叫傅雪吟，剛工作沒多久，程夏的特殊情況家長早就和她說過，讓她平時多注意一點。沒想到會發生這樣的意外，程夏受的傷不輕，這時她心裡又是擔心又是歉疚。

她向江蓁解釋道：「今天下課休息的時候，祝宇豪拿了程夏耳朵裡的助聽器，說要看看是什麼東西，程夏想搶回來時被他的手臂甩了一下，撞到桌角上了。我們老師沒看好，該負的責任一定負，實在抱歉。」

江蓁點點頭：「好，我們知道了。以後小朋友在的地方，什麼桌角、櫃角最好都包一下，他們本來就容易磕磕碰碰的，也避免有些小孩不懂事，愛欺負人。」

她話說的已經很克制，原本想說沒教養的，卻沒想到人家媽媽敏感得很，指著江蓁就衝過來喊：「妳說誰不懂事呢！」

女人的聲音尖細，踩著細高跟過來猛地推了下江蓁的肩膀。

江蓁往後踉蹌一步，血壓上飆剛想還手，季恆秋伸出手臂擋在她面前，把她整個人護在身後。

他皺著眉板著臉，因為動怒咬緊了後槽牙，下顎骨線條更清晰，脖子上冒著青筋。

季恆秋居高臨下地看著眼前的女人，話語裡不帶溫度，每個字都咬得很重：「想幹嘛？」

這時候息事寧人說「沒事沒事」那肯定不是江蓁的作風，她伸手揪住季恆秋的衣擺，癟著嘴一副特別委屈的樣子，煽風點火道：「老公她怎麼還動手呢，真是太不講道理了呀！」

季恆秋閉了閉眼，眉頭鎖得更深，下顎線緊繃，極力讓自己不要出戲破功。

祝宇豪的爸媽卻以為男人瀕臨爆發，嚇得往後退了一步：「她、她先說話難聽的！」

江蓁撇了撇嘴，學著申城話的腔調：「那你們也不能推人呀！」

季恆秋回頭看她一眼，示意她先別說話。

傅雪吟夾在中間做和事佬：「有話好好說，大家都別急。」

程澤凱聽到外面的動靜，帶著程夏從診療室裡出來，一見氣氛有些僵硬，問道：「怎麼了？」

季恆秋和江蓁不說話，傅雪吟見機轉移話題道：「程夏怎麼樣了？」

程澤凱回答：「頭沒什麼事，就磕破皮了，一點外傷。」

他看向對方父母，也不過多客套：「這事畢竟是你們家小孩先來招惹我兒子的，這樣吧，醫藥費你們出，再讓他道個歉，我也不多要求別的了。」

祝宇豪父親本還擔心對方會額外要一筆賠償費，一聽這話趕忙拿著病歷單去結帳了。

小胖男孩躲在他媽身後，不肯道歉，覺得難為情。

程澤凱不願意麻煩，程夏今天也沒什麼大事，但一聲道歉是肯定要的，他不說他們就等著。

江蓁接過程夏抱在懷裡，替他擦了擦臉上的淚痕，從包裡摸出一塊巧克力悄悄放進他口袋裡。

雙方這麼僵著也不是辦法，傅雪吟把祝宇豪拉到面前，手掌覆上他的眼睛。

失去光源，眼前一片漆黑的祝宇豪揮動手臂想要掙脫。

傅雪吟放下手，嚴肅語氣問他：「假如老師把你的眼珠子拿走，你再也看不見了，害不害怕？」

小孩不經嚇，作勢要哭。

傅雪吟牽著他走到程夏面前：「助聽器就是程夏的眼珠，你拿走了，他就聽不見了，他會害怕。搶人家東西不對，推人也不對，是不是？」

祝宇豪抹了把眼淚，抽泣了兩下，彆彆扭扭地擠出一句：「對不起。」

江蓁把程夏放下，讓兩個小朋友面對面，大人有大人的解決方法，小朋友也有小朋友的。

傅雪吟問程夏：「那你要不要原諒他？」

程夏抱著江蓁的腿，搖搖頭，兩個大眼睛還掛著淚珠。

傅雪吟：「程夏不原諒你，你要怎麼辦？」

祝宇豪看到程夏流血的時候就意識到自己做壞事了，現在又怕又急，脫口道：「那我把我的耳朵賠給你，我也讓你推我一下！」

童言無忌，在場的大人都忍俊不禁，小孩本性並不壞，就是皮了點，沒見過程夏耳朵裡的東西，心裡好奇手上就沒輕重。

傅雪吟對祝宇豪說：「你的耳朵就好好長在你的小腦袋上吧，但是老師現在要給你一個任務，以後你要負責保護程夏和他的助聽器，不能讓其他小朋友拿走它。」

她拉拉程夏的手，笑得很溫柔：「如果他表現得好，我們就原諒他好不好？」

程夏看了看祝宇豪，他哭得比自己還厲害。

江蓁摸摸他的腦袋：「以後你還多個小保鏢了，答應吧，給他一次機會。」

程夏這才對著祝宇豪點點頭，他也沒那麼討厭他，以前他還替自己搬過小凳子。

沒能立刻握手言和，但也算是和平解決，要是兩個小孩能因為這事成為好朋友也挺不錯。

大家在醫院門口告別，程澤凱送傅老師回班上，已經快到吃飯時間，江蓁和季恆秋帶著程夏直接去朋友的火鍋店。

路上程夏不哭了，吃著巧克力用江蓁的手機照自己腦門，擔心地問：「剛剛醫生叔叔說可能會留疤，留疤了是不是就不好看了？」

江蓁戳戳他臉蛋，年齡不大偶像包袱還挺重：「留就留唄，你哼啾叔不就有一個，多帥多有男人味啊。」

程夏舉了舉手：「好！那我也要帥！」

季恆秋打轉方向盤，勾了勾嘴角，無奈地嘆了一聲氣。

本來以為有了江蓁，程夏的家庭教育裡能多點女性的溫情，結果她比他們兩個大老爺們還不可靠，這都教什麼啊。

想起剛剛的事，季恆秋從後視鏡裡看向江蓁，說：「妳知道我剛剛差點笑出來嗎？」

江蓁不明所以：「為什麼啊？」

季恆秋想了想，形容道：「妳特別像皇后娘娘身邊唯恐天下不亂的容嬤嬤。」

這什麼爛比喻，江蓁皺了下眉：「我為我自己立的人設是紂王身邊千嬌百媚禍國殃民的蘇妲己，表現得不好嗎？」

說著她眨了下左眼，季恆秋偏過頭低聲笑：「好，特別好。」

尤其那聲老公，叫得他怒氣全散，想收拾的人也換了。

他們到火鍋店時門口已經停滿了車，兩邊擺著花籃鋪著紅毯，新店剛開業，裡頭很熱鬧。老闆叫唐立均，瘦高個，說起話來笑嘻嘻的，看起來很好相處。他看到季恆秋，和他們打了個招呼，說樓上已經預留了包廂，讓服務生帶著他們上去。

這家火鍋店是傳統川渝風格，八仙桌和老銅鍋，紅紅火火的看起來就喜慶，空氣裡滿是牛油麻辣香。

江蓁聽季恆秋說這家店程澤凱也參了點股，不多，就是朋友間意思意思，能盈利他就拿點分紅。

包廂裡已經坐了三四個男人，江蓁不認識，但程夏都挺熟，乖巧得一個一個喊過去：「趙伯伯！楊叔！王叔！」

季恆秋和江蓁介紹道：「這是趙楠，妳見過，開了家夜店。」

江蓁和他笑著打了個招呼，當時她冒充季恆秋的女朋友，這次再見面就是如假包換的正牌女友了。

算起來還要感謝他，要是沒有在 Melting 的偶然相遇，她也不會發現季恆秋就是房東和樓上鄰居，之後的故事也就另說了。

「楊明，做水產生意的，上次吃的螃蟹就是他送來的。」

江蓁眼睛亮了亮，只聽到螃蟹，沒注意人家叫什麼，差點冒出一句：「你好啊蟹老闆！」

「王征允，在律師事務所上班，以前和唐立均是同事。」

這人一看就是社會精英，江蓁和他握了下手，喊道：「王律師好。」

這幾個原先都是程澤凱的朋友，慢慢地加上季恆秋就成了個小圈子。

季恆秋的情況他們多多少少瞭解一點，看見江蓁都覺得挺驚喜，沒想到這小子能找這麼一個大美女做女朋友。

注意到程夏額頭上的傷口，楊明問：「這是怎麼了？我們夏兒怎麼還破相了？」

屋裡熱，季恆秋替他脫了外套擱在椅背上，照顧五歲小兒的臉面，不說被人揍了，只說：「和人打架了。」

趙楠覺得新奇，朝程夏豎了大拇指：「厲害啊夏兒，還會跟人打架了。」

程夏得意洋洋地挑了下眉，打架好不好他哪知道，但他知道是在誇他。

王征允眼睛尖，問季恆秋：「那你額頭上又是怎麼回事，你們兩個打的啊？」

江蓁彎唇笑，替他圓場：「走路不當心磕的，程夏五歲他三歲。」

季恆秋沒否認，還「嗯」了一聲。

沒過多久程澤凱來了，老規矩，最後一個到的罰三杯，他剛到門口就被灌了瓶啤酒，不喝完不准進。

兄弟們聚會本就氣氛高漲，一吃火鍋更熱鬧了。

江蓁也倒了杯冰啤酒，她的性格外向健談，男人們聊的話題也能參與進去，反倒是季恆秋說的話不多，一直安安靜靜地夾菜給她和程夏。

話題不知何時扯到了感情上，老大哥趙楠說：「現在就剩老程單身吧，你什麼時候能開個桃花呀？」

程澤凱撈出一片毛肚：「別擔心我啊，我兒子都五歲了，我談不談無所謂。」

他一直這樣，風流倜儻一男人，來去瀟灑，像是根本不在乎這些俗世欲望。

江蓁敏感地察覺到什麼，湊過去問季恆秋：「不會是有什麼白月光吧？」

季恆秋抿了口酒，打心底佩服女人的直覺：「也許更該說朱砂痣。」

江蓁的聲音放得更輕：「程夏的親媽？」

季恆秋搖搖頭，不方便多說：「回頭再告訴妳，先吃飯。」

老闆唐立均一直在外頭招呼客人，菜吃了一半他才拎著一個酒杯進來。

聽說江蓁是渝市人，他先敬她一杯，問：「怎麼樣，我們這做的正不正宗？」

江蓁張口就誇：「正宗正宗，我吃出了家的味道。」

唐立均笑出好幾道褶子：「好吃以後就讓恆秋多帶妳來！」

他一來，男人們又喝一輪酒，中間服務生又搬了一箱進來。

江蓁也沒少喝，季恆秋沒攔，但之後沒再替自己倒。

程夏吃不了辣，季恆秋一直夾番茄鍋裡的給他。

小孩看著紅彤彤的辣油起了心思，也想嘗嘗，江蓁掰了一小塊蝦滑給他。

程夏舌尖上沾到味，立刻皺起臉張著嘴嘶哈嘶哈吸氣，辣得快要哭了。

江蓁看著他的糗樣，笑得沒心沒肺。

季恆秋倒了杯白開水給程夏漱口，又找服務生要了杯優酪乳。

江蓁醉意朦朧，看他一副溫柔又耐心的奶爸樣，戳戳季恆秋的手背：「上次你怎麼對我這麼粗魯，洗白菜一樣把我按水槽裡？」

回憶起往事，季恆秋眼角染上笑意，補上一句遲到的道歉：「不好意思啊，那個時候不知道妳長那麼漂亮，還以為是哪來的女酒鬼。」

江蓁「切」了一聲，捏著季恆秋的耳垂把嘴靠過去：「再說一遍，我不是酒鬼，我是……」

「美女。」季恆秋搶過話，把她杯子裡剩餘的酒喝了，分了程夏的半杯優酪乳給她。

江蓁滿意地打了個響指：「對，我是美女。」

一頓火鍋吃到晚上八點，鍋裡的湯底都快煮乾了。

程澤凱早就被喝趴下了，這次是真趴下了，醉得不省人事。

江蓁還行，晚風一吹人就清醒不少，季恆秋讓她先帶著程夏回家，他送程澤凱回去。

商業街繁華，各色燈光照亮夜空。

上車之前，季恆秋拉過江蓁問：「上次我問的問題不作數，妳現在好好回答一遍，今天晚上我們一起陪小夏睡，行不行？」

江蓁朝他傻呵呵地笑，爽快答應：「行！」

季恆秋揉了下她的腦袋，不知道自己算不算趁人之危。

江蓁一喝酒就會變得傻乎乎的，帶著與往日不同的乖，看得人心軟。

他捂住程夏的眼睛，俯身在江蓁額頭上落下輕輕一吻，低沉的嗓音在夜色裡顯得有些曖昧：「乖寶，回家等我。」

第十六杯調酒

程澤凱喝醉了話多，一路上碎碎念的嘴就沒停過。

季恆秋把他扶上樓，燒了壺開水。

外套被隨意脫下丟在地板上，程澤凱大喇喇地仰躺著，季恆秋走過去撿起外套放好，替他挪正了姿勢。

屋子裡只剩熱水翻騰燒煮的聲音，程澤凱終於說累了，這時在發呆。

冷不防的，他睜著一雙泛紅的眼睛，開口問：「師父的生日是不是快到了？」

季恆秋算了算日子，農曆冬月初一，算起來就是這個月中旬。

他們一年裡去墓園的次數不多，清明生辰祭日，就這三天，上半年因為疫情也沒去成。

「今年帶著程夏一起吧。」季恆秋說。

程澤凱點點頭，驀地笑道：「你說老爺子看到我們把他小孫子養大了，是高興呢還是罵我們呢？」

沒有意義的一個問題，季恆秋卻認真思考了答案：「罵吧，罵我們腦子壞了。」

程澤凱笑了兩聲，想起什麼，聲音有些發顫：「本來熬不過冬天，想見見小孫子硬是撐到開春，他哪捨得送給別人，他肯定感激我們呢。」

水燒開了，季恆秋泡好茶葉端給程澤凱。

濃茶醒酒但味苦，程澤凱喝了兩口就放下了。

「董曉娟今天打電話給我了。」

季恆秋也倒了杯白開水給自己，聽到這話手上的動作一頓，抬起頭問：「她來找你幹嘛？」

「想見兒子。」程澤凱從口袋裡摸了根菸，打火機噼擦一聲，他夾著菸放到嘴邊吸了一口，「我沒讓，當初說好的，程夏已經跟她沒關係了。但你說是不是真有血緣感應？我剛掛電話就接到老師通知，說兒子受傷了。」

血緣這兩個字在季恆秋看來是最可笑最諷刺的，他握著杯子的手指漸漸收緊，寬慰程澤凱也是寬慰自己：「你別亂想，程夏就一個爹一個叔，現在多了江蓁，只有我們是他家人。」

程澤凱把手臂搭在眼睛上，季恆秋走過去拍了拍他肩。

怪不得今天豁了命地喝酒，感情心裡裝著事。

時間一晃而過，五六年前董曉娟挺著肚子摸索著找到夏家，對她來說是走投無路，拖著一個累贅無處可去，對於當時枯槁消瘦的師父夏岩，肚子裡的小生命卻是人生最後一點盼頭。

孩子生下後他給了董曉娟一筆錢，讓她回老家，忘了夏俊傑也忘了曾經生過一個孩子。

夏岩對季恆秋最後的囑託就是替這小孩找個好人家，他不知道程夏身體有缺陷，程澤凱和季恆秋沒說，他當時根本受不了這樣的消息。

他是很安詳的走的，他說這輩子沒遺憾了。

客廳裡很安靜，兩個人陷入了各自的心事。

良久，季恆秋起身說：「好好休息吧，明天我送兒子上學，你睡個懶覺。」

程澤凱「呵」了一聲：「乾脆多在你那住兩天得了，我看他可黏江蓁了。」
季恆秋卻不樂意：「別，小電燈泡。」
程澤凱拿了個枕頭砸他，笑罵：「滾，少來傷害一個脆弱的單身父親！」

從公寓裡出來，季恆秋沒再找代駕，直接步行回去。
江蓁傳訊息問他什麼時候回來，季恆秋回覆說快了。
路過街口商店時他買了兩根冰棒，一根草莓味的，一根優酪乳。
聲控燈刺啦刺啦照亮樓梯間，季恆秋走到二樓見屋裡沒燈。
大概是聽見了他的腳步聲，三樓的門開了，江蓁往下喊：「回來啦。」
季恆秋「嗯」了聲，一步兩級臺階上了樓。
江蓁已經洗過了澡，穿著軟軟的白色睡衣，頭髮紮成丸子頭，正敷著一張面膜。
看到他手裡的塑膠袋，江蓁問：「買什麼了？」
季恆秋遞過去，面不改色地回答：「棒棒糖。」
江蓁打開袋子見是兩根冰棒，深吸一口氣瞪了季恆秋一眼，她那點黑歷史自己都快忘了，他倒是記得很清楚。
季恆秋笑著捏了下她的後頸，脫下外套擼起袖子喊程夏洗澡。
怕傷口沾到水，季恆秋洗得很小心。

小孩皮膚白嫩，一道三四公分的傷口看著挺讓人心疼。

以前只想著他健康長大就行，很多地方都疏忽了，今天這事讓季恆秋好好反思了下自己。耳朵裡的東西再小也是和別人不一樣的地方，會不會因為這個受到嘲笑、排擠，季恆秋以前沒想過這個。

他擠了泵沐浴乳在浴球上，揉搓出泡沫幫程夏抹上，問道：「幼稚園的小朋友都怎麼樣？有好朋友了嗎？」

「有啊！」程夏掰著手指說了幾個名字。

季恆秋越聽越不對勁：「怎麼都是女孩？」

程夏嘻嘻笑：「玩遊戲的時候她們都搶著和我一起。」

季恆秋嘖了聲：「你怎麼這麼招女孩子喜歡？」

程夏得意地挑了下眉：「因為我帥吧，錢舒恬說我像王子。」

季恆秋哭笑不得，好嘞，看來最該擔心的是小孩將來早戀的問題，這麼受歡迎，妥妥一個小花花公子。

洗完澡季恆秋抱著程夏放到沙發上，江蓁拿了藥膏，幫他抹消炎的藥。

昨天大的被砸今天小的磕傷，江蓁想著年前要去寺裡燒個香，人越活就越迷信，她心裡不踏實，總覺得最近有事要發生。

季恆秋也去沖了把澡，都十點多了，他幫程夏泡了杯奶催他睡覺。

江蓁和程夏一同上了床，季恆秋的被窩相當軟，本來以為上了年紀的人都喜歡睡硬板床，季恆秋看來腰挺好，床軟得像團棉花。

晚上喝了酒，這時鑽進溫暖柔軟的被窩江蓁就泛出了睏意。程夏翻了個身往她懷裡拱了拱，江蓁摟住他，肉肉小小一隻，像個玩偶。

季恆秋進屋的時候就看見兩個人腦袋靠在一起，他站在門口看了一下，拿出手機偷偷拍了一張，才關了燈，輕手輕腳躺在另一側。

窗簾沒有拉好，碎白月光照進來，季恆秋借著這一點微弱的光源看江蓁。

他貪心地湊了過去，感受到她溫熱的呼吸和沐浴過後的甜香。

江蓁是什麼呢？季恆秋不著邊際地想。

她是陽光下的粉白玫瑰，是莽撞又赤忱的火焰，是意料之外的驚喜盲盒，是融化在人間的漫天星河。

她是被上天偏愛的小孩，有關她的一切都是美好、有趣、可愛的。

季恆秋撐起上半身，輕輕吻在她鼻尖。

江蓁哼唧了一聲，喊他名字。

這一瞬間他心都化了，突然就嫌中間那小傢伙礙事。

終究不忍心真吵醒她，季恆秋替她理了理臉上的碎髮，輕聲說：「睡吧，晚安。」

長夜漫漫，心頭卻被捂暖了，從此夢裡都是甜的。

墜入愛河的人是不是都這樣，某一刻季恆秋失去理智般地想把全世界奉上，有的都給她，想要的都滿足，他希望江蓁永遠快樂，永遠自由灑脫。

他知道這樣的人他只會遇到這麼一次，所以格外珍惜。

季恆秋照常在六點半醒來，大概是前一晚睡得早，他一起身江蓁也醒了。

這時到了白天，突然有些含羞帶怯，江蓁和他對視一眼，拉過被子蒙住頭，覺得臉熱。

季恆秋下床，走到另一邊拉下被子，點點她額頭問：「起床嗎？」

江蓁伸了個懶腰，攬住他脖子整個人掛上去。

季恆秋就這麼抱著去洗漱，江蓁趴在他肩上，賴賴地撒起床氣：「我不想去上班啊啊啊！」

季恆秋放輕聲音安撫她：「乖，今天晚上想吃什麼？」

江蓁雙目無神，機械地刷著牙，心裡又委屈又煩躁。

季恆秋往她腦門上響亮地吧唧了一口：「這麼不想去，要不然辭了吧。」

江蓁嘴裡還含著泡沫，含糊地說：「那你養我啊？」

季恆秋抬了抬眉毛。

江蓁眼珠子轉了半圈，估量了一下季恆秋的財力，挑起他下巴說道：「還是讓我好好打拚吧，爭取過兩年包養你。」

季恆秋擺出拭目以待的表情：「行，我等妳。」

江蓁傻樂兩聲，豪放地拍拍胸脯：「小秋妹妹，你乖乖等著哥哥，保證八抬大轎來娶你。」

昨晚上的酒還沒醒呢？說什麼話，季恆秋覺得無語，捏了捏她的臉蛋去廚房做早飯了。

離上班時間還有一陣子，江蓁躺在沙發上玩手機，看到新聞說這週六江浙地區可能有雪，興奮地踩著拖鞋喊季恆秋。

季恆秋對下不下雪沒多大興趣，下雪就會降溫，他寧願不下。

江蓁看了看預計有雪的地區，並沒有申城，失望地「啊」了一聲。

季恆秋洗好米放進電鍋裡，問她：「這麼喜歡雪當初怎麼不挑北方的城市？」

江蓁說：「北方冷啊。」

又想看下雪，又嫌冬天冷，季恆秋搖搖頭嘆了一聲氣。

「想看雪啊？」

「今年的初雪欸，多浪漫啊！」

計時器「嘀嘀嘀」地響，季恆秋把水煮蛋從鍋裡撈出來，江蓁喜歡糖心的。

「想看就去看。」他說。

江蓁鼓了鼓腮幫子：「去哪看？」

季恆秋抱著手臂笑：「叫聲好聽的。」

江蓁一聽是有戲，趕緊討好道：「哼啾、阿秋、親愛的、寶貝、老公——」

季恆秋聽得很滿足，尤其最後兩個字，男人就那麼點小心思。

「好。」他揉了揉江蓁的耳垂，清晨的陽光灑進屋裡，照在他的身上，這一天都是明亮的，「老公幫妳想辦法。」

「什麼辦法？」

季恆秋勾了勾唇角：「保密。」

江蓁瞇起眼睛打量他，猜道：「不會是噴點人造雪吧？」

季恆秋嗤笑：「低級手段。」

「哦喲喲。」江蓁的期待值直線上升，她還真想不出來按照季恆秋的浪漫細胞能搞出什麼花樣。

粥煮好的時候，季恆秋進屋喊程夏起床。

小孩一出來看到餐桌旁的江蓁，特別元氣響亮地喊了聲：「嬸嬸早上好！」

江蓁剝著雞蛋殼，同樣聲音嘹亮地回：「欸——早上好！」

土豆像是被氣氛感染，也「汪汪」叫了兩聲。

季恆秋看他們三個唱山歌式的打招呼，忍不住發笑，難得家裡一大清早就這麼熱鬧。

江蓁吃完早飯下樓換衣服化妝，季恆秋要送小孩上學，順路送她上班。

幼稚園就在附近，季恆秋把程夏送到門口，走之前叮囑他聽老師話。

程夏揮揮手朝他們說再見，江蓁第一次送小朋友上學，感覺很新奇。看著程夏笑她心裡也軟軟的，不知道小傢伙性格像了誰，按理說這個年紀的男孩已經開始毀天滅地正招人煩，但程夏乖得出奇，安安靜靜的不吵鬧，長得乾淨秀氣。

於是江蓁有感而發道：「小夏將來肯定招女孩子喜歡。」

她剛說完就看見一個雙馬尾小女孩一蹦一跳走到程夏身邊，兩個人手牽著手一起進去了。

季恆秋撇過視線不忍看，嘆息一聲道：「現在就招了，哪等將來。」

回到車上，江蓁問季恆秋：「所以程夏媽媽呢？我看他好像從來沒見過自己媽媽。」

這事說起來不好解釋，季恆秋邊發動車子邊想著措辭：「其實程夏是領養的，程澤凱不是他親生父親。」

「領養？為什麼？」江蓁震驚地瞪大雙眼，她猜想過幾種情況，但沒想過是這樣。

季恆秋頓了頓，先說起的是另外一件事：「我師父有一個兒子，和我差不多大，他呢，上國中就輟了學，跟著外頭認的大哥混社會，欠了挺多債。後來債主找不到他，上門找我師父，說不還錢就砸店，師父沒辦法，替他還了債。錢了結了，父子關係就斷了，之後再也沒往來，連師父辦喪事他也沒來。」

江蓁聽著，卻不太理解這和程夏有什麼關係。

季恆秋繼續說：「程夏的生母找到我師父的時候，已經六個多月了，她說夏俊傑跑了，她懷著孕無法工作，身上沒錢。她也挺可憐的，一個外地人，來這打工還遇到人渣騙感情。師父讓她在巷子裡住了下來，找了一個婆婆照顧著，等孩子生下來給了她一筆錢讓她回老家重新開始生活。孩子沒人養，師父走之前讓我找個好人家送走，我答應了，但沒這麼做。」

這一段話的資訊量夠江蓁消化了，她現在腦子有些轉不過來：「所以程澤凱領養了？他當時結婚了嗎？」

季恆秋搖搖頭：「他有過一個女朋友，交往很多年，分了之後一直是單身。領養程夏是我求他的，我當時不到年齡不符合條件。」

江蓁呆滯著盯著前方一個點，指甲掐在手背上刻出了印。

季恆秋偏過頭看了她的表情一眼，似乎料到了她的反應：「覺得我瘋了？」

江蓁搖搖頭：「不是，我就是有點……」

季恆秋溫聲向她解釋：「程夏生下來的時候不太健康，送給誰我都不會放心。師父對我有恩，沒他我就活不下去了。後來他生了病，我也沒盡到什麼孝，可能這就是老天爺給我個機會讓我報恩吧。」

江蓁看著他，有很多問題想問，但沒說出口，最後只是伸手牽住他，摩挲著他的手背。

有些事情說出來的語氣越平淡，心裡的刻痕越深，季恆秋面上沒有表露什麼情緒，但她知道他在難過。

公司到了，季恆秋挑了個街邊停下。

下車前江蓁傾身親了他一口，刻意輕鬆語氣說：「走了啊，哥哥我賺錢去了。」

季恆秋笑了笑，叮囑她：「下了班早點回來。」

「知道啦，路上開慢點。」

看著江蓁走進公司大樓，黑色越野車才重新啟動沒入車水馬龍。

一路走到公司，江蓁還在想著剛才的對話。

這些事在她聽來像電視劇裡的情節，她一個按部就班長大的人無法想像，一比較她的經歷太普通了。

季恆秋剛才說沒師父就活不下去，這話說得很沉重，但他語氣又很嚴肅，不像是在誇張。

老巷子看起來有故事，酒館有故事，酒館裡的人也有。

形形色色的故事裡，季恆秋的是哪一種？

在她意料之中，還是想像之外？

江蓁晃晃腦袋，深呼吸一口氣整理好自己的表情，以後有機會再問吧，現在琢磨這些是庸人自擾。

週一早上例會永遠是一週痛苦的起源，江蓁聽得腦子發昏，偷偷打了好幾個哈欠。

分心恍神的時候，她撐著腦袋發呆，視線落在主管陶婷身上，從她的手鐲觀察到耳環。

猛地看到什麼，江蓁一個激靈，把旁邊的宋青青嚇一跳。

「妳幹嘛？」宋青青用嘴型問她。

江蓁微張著嘴，示意她看陶婷脖子。

儘管穿了一件高領打底，但成片的紅印還是若隱若現。

江蓁在本子上寫：『天，這也太激烈了，如狼似虎啊。』

宋青青瞪她一眼，回：『萬一是過敏呢？』

江蓁：『過敏肯定穿低領啊。』

宋青青：『……』

江蓁：『她什麼情況，包養男大學生了？我以前的夢想就是在三十歲變成富婆然後包養男大學生，好羨慕她哦——』

宋青青：『……』

因為這一點小發現，江蓁整個上午都有了精神，第一次跑主管辦公室這麼勤快。

午休時她找宋青青吃飯，見她不在座位上，問了同事，說是在茶水間。

江蓁起身去茶水間找人，走到門口卻聽到裡面有人在說話。

電視劇看多了，江蓁秒懂裡面的人在幹嘛，無意摻和辦公室八卦，她警覺地停下腳步收回要推門的手。

剛要轉身，她聽到裡頭的人說：「小舅媽，脖子上稍微遮一遮吧，已經有同事看見了。」

江蓁還沒反應過來，就聽到陶婷的聲音響起：「很明顯嗎？徐臨越非要往這啃。」

江蓁伸手接住快要掉到地上的下巴，震驚的化為一座石像，在淩亂風中粉碎成渣。

多年追劇的經驗告訴江蓁，人一旦知道了不該知道的祕密，就離被滅口不遠了。

全申城，江蓁只認識一個徐臨越。

——茜雀中國分區的執行總裁徐總。

如果陶婷是他女朋友，宋青青是他姪女……

除了一個大寫的「靠」字，沒有任何語言能夠形容江蓁此刻的心情。

上午生龍活虎，下午卻像霜打的茄子，江蓁澈底萎靡了。

吃了一口大瓜，噎的她胃疼。

下班之後江蓁在停車場攔住宋青青，問：「晚上有約嗎？」

宋青青搖搖頭：「沒。」

「走。」江蓁打開車門上了副駕駛座，「上次請妳喝酒沒請成，今天補上。」

宋青青狐疑地打量她一眼，不知道她工作日晚上發什麼瘋要喝酒，但沒拒絕，根據導航的指引驅車開往目的地。

江蓁帶著她進了At Will，週一客人少，大堂裡寥寥幾桌。

等酒上來了，江蓁搓搓大腿，本來就藏不住事的人，乾脆直接坦白了：「我今天，聽到妳們在茶水間聊天了。」

宋青青喝酒的動作一頓，放下酒杯問：「聽到了？」

「啊。」江蓁摸著杯沿，莫名有些心虛，不敢抬頭直視她，「不小心聽見的。」

宋青青卻噗嗤一聲笑了：「怪不得妳下午跟丟了魂一樣，就因為這個？」

「就？」江蓁表情誇張，咬牙切齒道，「妳知道我緩衝了多久嗎？腿差點嚇軟了。」

宋青青大笑起來，根本沒當回事：「我家裡有錢妳又不是不知道。」

江蓁扯了扯嘴角，她倒是不謙虛。

宋青青說：「其實也不是什麼大事，我和婷姐的工作和我舅舅沒關係，我們都是靠自己的，只是恰巧在同家公司而已。」

江蓁點點頭，這些她也想到了，要是真靠關係她們早就不用在小小市場部待著了。

吸管搖晃將杯子裡的果肉搗起，草莓氣泡酒，味道酸甜像杯汽水。

江蓁吸吸鼻子，笑得不懷好意，她伸手扯了扯宋青青的袖子，嬌滴滴地說：「那妳能不能和人家說說陶婷和徐總是怎麼在一起的呀？」

宋青青不為所動：「老闆的事妳少八卦。」

江蓁撇了嘛嘴，威脅道：「我手裡可有妳們的把柄。」

宋青青冷哼一聲，也硬氣著：「我也有啊，今天誰說人生的夢想是包養男大學生的，當心我告訴妳男朋友。」

她話音剛落，抬頭就見江蓁一副踩到屎的表情：「怎麼了？」

江蓁閉了閉眼，用手扶住額頭：「不用說了。」

宋青青：「啊？」

「我男朋友已經聽見了。」

「啪」一聲，餐盤被重重扔到桌子上，勺子和筷子騰空躍起，江蓁的心跳也跟著做了個自由落體。

宋青青嚇得一抖，回頭看去，男人離開的背影決絕而蕭瑟，她剛想吐槽這家店的服務怎麼這麼差，猛地意識到什麼，「那是？」

江蓁苦澀地笑：「男朋友，也可能是前男友了。」

宋青青雙手合十，閉眼小聲念叨：「阿彌陀佛，信女有罪。」

「砰」一聲，江蓁將腦門磕在桌上，面如土色，視死如歸。

宋青青一臉抱歉地看著她，關切地問：「沒事吧，他真生氣啦？」

「妳不懂。」江蓁抬起頭，「這個年紀的男人都是很敏感的。」

宋青青催促她：「那妳快去哄啊！」

江蓁皺眉嘖了一聲：「我這不是在想措辭麼。」

宋青青舉起杯子喝了口酒：「還行，他還不知道妳以前的個性簽名叫『為鑽石和奶狗奮鬥終生』。」

「哇哦——」儲昊宇端著餐盤飄過，朝江蓁豎了個大拇指，讚嘆道，「嫂子，強啊。」

江蓁：「……」

「宋青青妳給我把嘴閉上！」

五分鐘後，江蓁躡手躡腳掀開後廚垂布，只看見秦柏在灶臺前忙碌，她問：「季恆秋呢？」

秦柏指指後院的門。

江蓁走過去，輕輕敲了敲門：「秋老闆——你在裡面嗎？」

無人回應，江蓁握上把手剛要按下門就開了，季恆秋立在門口，身上有菸味，語氣冷冰冰的：「有事？」

顧及還有外人在，江蓁想拉著他進後院說話，季恆秋卻攔住不讓進。

見江蓁不解，他解釋說：「裡頭還沒收拾好，有灰，髒。」

江蓁「哦」了聲，抱住他的腰，清清嗓子說：「剛剛我同事是亂說的，你別往心裡去，我怎麼可能是那種人。」

季恆秋從鼻腔逸出一聲哼笑：「那鑽石和奶狗呢？」

江蓁瞬間沉下臉，咬牙罵道：「儲昊宇這個大嘴巴！」

季恆秋把腰上的手拿開：「不用解釋，我懂。」

「你懂什麼？」

「我年齡大，我脾氣差，讓妳夢想破滅了。」

這委屈的模樣把江蓁逗笑了，她恬不知恥地又湊上去抱住人家：「奶狗大學生有什麼好的，他們也就床上能幹，哪像你賢良淑德蕙質……蘭心。」

意識到自己說錯話，江蓁這時想割掉的是自己的舌頭，說話不過腦子就這樣，季恆秋的雷點快被她踩壞了。

她蒼白地試圖解釋：「我不是說你不行的意思，沒有諷刺你。」

越描越黑，季恆秋抱著手臂垂下視線，滿臉寫著不相信。

江蓁吞咽著往後退了一步，季恆秋眉稍輕挑，似乎是覺得她的反應有趣，嘴角勾起的一抹笑又涼又痞。

空氣裡劈里啪啦炸響火花，江蓁接收到危險的訊號，直覺大事不妙。

她剛要轉身開溜就被人扯住，季恆秋握住她手腕往回帶了一下，江蓁撞在他懷裡，被他反手扣住手，根本無法掙脫。

「在這等我十分鐘。」他的語氣像是在下達指令，強硬而不可違抗。

江蓁看著他解開圍裙大步流星地離開，真傻愣愣地一步沒動。

幾分鐘後季恆秋再次回來，喘著粗氣，口袋裡多了樣東西。

「今天先走了，等等讓周明磊打烊。」季恆秋向秦柏交待完，牽著江蓁走進後院。

裡頭關了燈，眼前漆黑一片，地上不知道放了什麼，江蓁走得跌跌撞撞，倏地雙腳騰空，她被季恆秋橫抱了起來。

她才知道原來後院可以抄近路回家，五分鐘的路程，到樓下時季恆秋把她放了下來。

江蓁沒問回家要幹嘛，這個歲數了，她心裡清楚季恆秋剛剛去哪了。
一個沒問，一個沒說，心照不宣地前後上了樓。
快到二樓門口時，季恆秋出聲問：「這裡還是樓上？」
昏暗之中江蓁張口的聲音有些發顫：「樓上吧。」
六下短促的按鍵聲後房門被打開，土豆聽到有人回來「汪汪」叫了兩聲。
沒得到回應，主人和主人的女朋友完全忽視家裡還有一隻狗。
帶著懲罰性的一個吻，玫瑰花香和清冽菸草味混合在一起。
隨著失重感一同襲來的是輕微的眩暈，江蓁像是快要溺亡在洶湧的浪潮裡，緊緊抓住手邊唯一的浮木。
將要到窒息邊緣，季恆秋終於鬆開，手覆在她的後腦勺上，額頭抵著額頭，呼吸都亂了。
伴隨鼓鼓心跳，喘息聲一輕一重重合交疊，分不清是誰的，周圍的空氣變得燥熱甜膩。
這種關頭江蓁的好勝心來得無厘頭，明明已經潰不成軍，她偏要挑釁道：「就這啊？」
季恆秋愣了兩秒，隨後一聲輕笑傳進江蓁的耳朵，她舔了舔下唇，喉嚨口發澀。
房間裡是淡淡的柳丁味，他似乎很喜歡這個味道。
身下像是陷進了一團棉花，季恆秋的眼瞳烏黑，江蓁望進去，迷失方向忘卻所有。
季恆秋專心地親吻，從額頭到眼睛，掠過鼻尖停留在嘴唇。
江蓁的手搭在他背上，碰到肩胛骨時卻被他警惕地抓住手腕制止下一步的動作。

季恆秋像是突然從夢中驚醒，看著她的眼神裡閃過慌亂和無措。

「怎麼了？」江蓁問。

從剛開始就一路沉默隻字未言，再開口時季恆秋嗓音嘶啞：「我身上有疤，妳別怕。」

這話來的突兀，野蠻的公狼轉瞬成了垂耳朵的大狗，江蓁閉了閉眼，什麼奶狗大學生都無法比，季恆秋太會拿捏了，一舉一動都牽動她的神經。

上衣褪去，屋裡沒開燈，月光昏昏只能看清輪廓，江蓁試探著伸手。

她有些明白季恆秋為什麼要說「別怕」了。

疤痕不只一道，癒合的新肉凸起不平，光是觸碰江蓁就逐漸胸腔發緊，不敢想像那是怎樣才會留下來的傷。

每一道疤都很長，有一道從腰側延伸至後背。

她呼吸不穩地問：「哪來的？」

季恆秋沒回答。

江蓁又問一遍，加重了語氣：「哪來的？怎麼受傷的？」

他不說，她只能猜：「和人家打架？還是你以前當過兵？」

「不是。」

和這些比起來，季恆秋眉骨上的疤完全不值一提。

江蓁猜到了一種可能，卻艱難到問不出口。

十一二歲的時候會跑了，那更小的時候呢，跑了會不會被抓回來遭到更狠的暴力？

「是……你爸打的嗎？」

季恆秋很輕地「嗯」了一聲，江蓁瞬間紅了眼眶鼻子泛酸。

江蓁小時候不聽話也被打過，那麼那麼疼也沒留下疤。

這麼深的傷痕，被什麼打的？晾衣架？皮帶？下手多重才會皮開肉綻？還是沒等上一次的傷口癒合又反覆撕裂？

「媽的……」她低罵了一聲，用手肘撐了一下翻身轉跨坐在季恆秋身上，「你真的要把我弄瘋了。」

季恆秋躺倒在床上，望著天花板，捏了捏她的手背，問：「是不是很醜？」

「醜個屁。」江蓁吻得虔誠認真，不沾情色，像是在溫柔超渡他的難堪和疼痛。

季恆秋收緊呼吸，喉結滾了滾。他又何嘗不是快要瘋了呢？

她的安慰方法向來出奇，江蓁戳戳季恆秋腰腹上的肌肉，學著電視劇裡的地痞流氓，壞笑著說道：「多漂亮啊。」

季恆秋呼吸一滯，她的手腕纖細，一隻手就能完全控制，他輕而易舉重新奪回主位和攻勢。

窗外風颸過林梢簌簌響動，月光照亮人間。

吻到額頭，季恆秋啞聲說：「我這一輩子，好像總是被拋棄。我媽說要帶我走，結果突然一天早上我醒來她就不在了。師父說以後他來管我，結果生了病，不到六十就走了。」

下移至眼睛，季恆秋停頓了一陣子才繼續：「有人說我命不好，專門剋身邊的人，就是天煞孤星。所以我害怕和別人產生連繫，我怕一次又一次地應了這話。」

最後吻在鼻尖的痣：「江蓁，我給妳一次反悔的機會，到底要不要和我這種人在一起。」

樓下有車輛駛過，車前燈一晃而過，光亮稍縱即逝。

江蓁摩挲著他眉骨上的疤：「二樓的包廂裡，那天我偷親了你，你醒著，你知道。」

季恆秋點了點頭，不知道她為何突然提起。

江蓁驀地彎了唇角和眼睛：「那一刻開始，就不能反悔了，已經不可挽回了。還有啊，什麼天煞孤星，我有沒有告訴過你，搬家之前我倒楣到連餵貓都能被抓傷，一個人去醫院打了針，坐在走廊裡差點哭出來。但是啊，認識你之後，我的生活就開始轉運了。工作上順利，還認識了幾個朋友，每天吃飯睡覺都特別香。季恆秋，你說，你是不是我的小福星？」

福星，季恆秋第一次被這麼形容，三十三歲的男人，上一次哭都記不清有多久遠，卻在這一刻紅了眼尾。

明知道是安慰，還是忍不住動容，這話太溫柔了，暖得他心尖發顫。

江蓁笑得狡黠：「你現在說這麼多話，只會讓我懷疑你是不是真的不行。我明天要早起欸，還聊天麼？你不急我可要急了。」

安靜對視了兩秒，季恆秋嗤笑一聲，行，少說話，多做事。

雲霄之上飛鳥迭起，玫瑰以酒精為露。
那一天，臉頰邊的輕輕一吻，是蝴蝶掠過水面不曾蕩起漣漪。
翅膀扇動，卻於數日之後引發一場海嘯，潮水傾覆，他們淹沒在愛裡。
有跡可循，不可挽回，無法躲避。
他們是命定要相愛的。
那就沒什麼需要遲疑。
只管相擁下墜、沉淪、歡酣。

第十七杯調酒

天光大亮，季恆秋依舊在六點半醒來。

這一次睜了眼卻沒能順利起床，手臂被人枕著，肚子被人搭著，他成了一個大型抱枕，根本無法動。

江蓁睡得正酣，睫毛長長，臉頰邊的肉擠壓變形，嘴撅著，讓季恆秋想起了某個貼圖。

他掀唇笑了笑，忍不住上手捏，江蓁看起來挺瘦的，其實身上的肉也不少，軟綿綿的手感不錯。

江蓁不適地嚶嚀一聲，季恆秋翻了個身，把她整個摟進懷裡。

不負晨光，他安逸地合上眼，抓緊時間再睡一下。

八點，奪命起床鈴響起，江蓁憑著本能在枕邊摸索，搆了半天也沒摸到手機，嚇得瞬間驚醒。

她瞇著眼環視了一圈，意識回籠，哦對，這是季恆秋的房間。

手機在大衣口袋裡，大衣被丟在地上。

江蓁動了動下半身，痠軟無力，好比跑完八百公尺，她囁嚅地發出一個音節，拿被子蒙住頭，逃避式的不願意起床。

季恆秋被這麼一吵也醒了，起身從櫃子裡拿了衣服套上，關了鬧鐘把江蓁的衣服撿起疊好放在床頭櫃上。

他見識過江蓁起床的賴勁，昨天睡得晚，今天更是有過之而無不及，磨磨蹭蹭快和被窩合而為一了。

季恆秋洗漱完，來不及熬粥了，幫土豆換好水餵完食，他出門到巷子口買早飯。

劉嬸正在忙碌，看見他來了，朝他打招呼道：「阿秋，買早飯啊？」

「嗯。」季恆秋算了下時間，選了能在車上吃的豆漿和茶葉蛋。

等他提著早飯回到家，江蓁還在被窩裡。

他放下塑膠袋，洗了把手回到臥室。

季恆秋拉下被子，拍拍她的臉：「寶，起床了。」

江蓁緩慢地睜開眼皮，從被子裡伸出兩隻手臂，身體卻一動不動。

季恆秋拿了衣服幫她一件件套上，彎腰抱起她帶到洗手間。

迷糊地擦完臉，江蓁打了個哈欠問季恆秋：「幾點了？」

季恆秋看了時鐘一眼：「快八點四十。」

江蓁瞪大眼睛，提高聲音重新確認：「幾點了！」

季恆秋把外套給她穿上：「八點四十，我送妳，來得及。」

這時再也顧不上大腿肌肉痠痛，江蓁梳了梳頭髮，一邊拿氣墊粉餅飛快上妝一邊催季恆秋：「那快走啊啊啊啊！」

季恆秋不慌不忙地把豆漿裝進保溫杯，替她剝好茶葉蛋：「不著急，扣的錢我幫妳補上。」

江蓁大口嚼著茶葉蛋，卑微社畜有苦難言，要是換成以前她乾脆就請假了，但今時不同往日，她剛得知部門裡藏著兩尊大佛，實在不敢出現一點差錯。

一路上季恆秋加足馬力，到公司樓下時正好留了五分鐘上樓。

停好車，季恆秋說：「下了班沒別的事吧？晚上我來接你。」

江蓁用紙巾擦了擦嘴，從包裡拿出口紅：「酒館呢？吃飯時間肯定人多。」

季恆秋笑了笑，沒說他之所以另外招主廚做甩手掌櫃，就是想多點時間和她好好談戀愛。

「不是週末，人不多，放心吧。」

在抹口紅之前，江蓁湊過去親了季恆秋一口，笑得甜絲絲的：「那就行。」

江蓁心情不錯，哼著歌到了部門，于冰盯著她多看了兩眼，倍感新鮮地說：「姐，妳今天怎麼氣色這麼好啊？」

江蓁摸摸自己的臉，質疑道：「是嗎？」她今天連腮紅都沒來得及打啊。

于冰肯定地點點頭。

宋青青不知何時湊了過來，調侃道：「這就是被愛情滋潤過後的女人吧？」

江蓁嘖了一聲作勢要揍她，宋青青趕緊抱住她手臂，小聲問：「怎麼樣，大學生好還是老男人好啊？」

江蓁：「呵呵，大學生留給妳體驗吧，我是沒緣分了。」

宋青青心領神會：「嘖嘖嘖，看來是老男人好。」

「宋青青。」江蓁咬著後槽牙警告她，「同事的八卦妳少打聽！」

宋青青朝她做了個鬼臉回了自己座位。

今天下班江蓁照常積極，六點一過就提包走人。

出了公司卻發現外面的天被染得漆黑，淅淅瀝瀝下著雨。

冷風一吹江蓁打了個哆嗦，攏緊外套，口袋裡手機響起鈴聲，她接起放到耳邊：「喂。」

季恆秋在那頭問：『下班了嗎？』

「嗯，在門口了，外面下雨了。」

『站著別動，我去接妳。』

一句簡簡單單的話，卻讓江蓁突然覺得下雨天也沒那麼糟糕。

不到五分鐘她就在玻璃門外看見了季恆秋，打著一把黑色的傘款步而來，立在屋簷下朝她招了招手。

江蓁走出去，挽上的他手臂，並肩走進雨裡。

「餓了嗎？」季恆秋問。

江蓁點點頭：「今天晚上做什麼了？」

車就停在路邊，季恆秋打開副駕駛座的門先送她進去：「秦柏做了油潑麵，還有滷牛肉。」

江蓁咽了下口水：「趕緊回家！」

季恆秋收了傘上車：「來的時候就挺塞，不知道這時怎麼樣了。」

雨天路況不佳，在申城塞個一兩小時是常事。

十分鐘過去了才走了幾百公尺，江蓁捂著肚子，包裡的巧克力那天給了程夏，沒存貨了。

季恆秋車上自然沒什麼吃的，他在心裡記下，以後買點零食備著。

手機收到新訊息，季恆秋拿起滑開螢幕翻了翻，轉頭問江蓁：「後天晚上有事嗎？」

江蓁搖搖頭：「沒，怎麼了？」

前面的車子啟動了，季恆秋把手機遞給江蓁，打轉方向盤跟上：「王征允生日組了飯局，他們讓我叫上妳，一起去嗎？」

江蓁爽快答應：「行啊。」

季恆秋：「回個訊息給他們，就說我們去。」

畫面上是一個聊天群組，一共六個人，群組名叫「程澤凱單身萬歲」。

江蓁噗嗤一聲笑出來，一邊打字一邊說：「這群組名是他自己改的吧。」

季恆秋毫不留情揭底：「嗯，原來叫『程澤凱趕緊找另一半』。」

回完訊息，江蓁把手機還給季恆秋：「怎麼沒催你？」

季恆秋偏頭看她一眼，回答：「以前催過，我不著急。」

江蓁點點頭表示認可：「看出來了。」

聽程澤凱說他以前不怎麼出來見人，不是在家就是窩在酒館後廚，活得很封閉。

所以他們能相遇，是多麼不容易的一件事，謝天謝地，謝謝那勺能辣掉舌頭的死亡辣椒醬。

江蓁伸手牽住季恆秋，突然有些感慨。

季恆秋回握住，捏了捏她的手背，當她是等得沒耐心了在撒嬌，安撫道：「乖，馬上就到家了。」

人家的戀愛日常是甜的，江蓁則是江湖百味吃香喝辣。

季恆秋每天變著方法餵好吃的，一週七天不重複。

和家裡視訊時，江母問江蓁：『乖乖，最近是不是胖了點？』

江蓁還沒張口，就聽到季恆秋低聲笑，她抬頭瞪了他一眼。

江母嗅到八卦的氣息：『喲，家裡有誰啊？』

江蓁交代過有男朋友，但沒說兩人就住樓上樓下，現在等同於同居，一時間有些尷尬不知道怎麼回答：「啊……」

季恆秋把剝好的橘子遞給江蓁，起身坐到她旁邊，朝鏡頭打了個招呼：「阿姨好。」

江母欣慰地笑：『你好你好！恆秋吧？江蓁跟我說過你。』

隔著螢幕聊不了太多，江母問了些日常，季恆秋大方回答，江蓁盤著腿在旁邊吃水果。

等通話結束，她問季恆秋：「你見我媽怎麼一點都不怕？」

季恆秋反問：「見丈母娘怕什麼？」

江蓁挑了下眉，果然是丈母娘看女婿越看越滿意，剛剛她媽眼角的魚尾紋都笑得多了兩條。

那天過後季恆秋有些不一樣了，看起來沒多大變化，但人開朗了一些，笑的時候更多了。

江蓁喜歡這樣的他，身上有煙火氣，不像以前那樣冷清。

這也讓江蓁覺得很滿足，自己對於他來說是有價值的，她能給季恆秋快樂，她毫不知羞地標榜自己是季恆秋的「小天使」。

季恆秋對這個稱呼沒發表太多意見，只問了一句，「天使和福星是同個次元的嗎？」

把江蓁逗得狂笑了五分鐘。

週四晚上季恆秋來接她下班，王征允把地方選在一家私房菜館。

樓上大包廂一共擺了兩張圓桌，這次兄弟幾個都帶了家屬，程澤凱把程夏也帶上了，另外一桌是王征允的親朋好友們。

季恆秋牽著江蓁到時，包廂裡的人已經坐的差不多，留了兩個位子給他們。

江蓁坐下，和程夏打了個招呼，小孩越來越黏她，一見面就要抱一個。

王征允來幫季恆秋倒酒的時候拍拍他的肩，意味深長地說了句：「不好意思啊兄弟。」

季恆秋不解，程澤凱清清嗓子，用眼神示意他往另一桌看。

季恆秋狐疑地掃了一眼，在王征允老婆旁邊看見了陸夢。他抬手用指節刮了刮下巴，倒沒覺得什麼，隔得挺遠，只要等等別過來敬酒，其他人識相地不提，就鬧不出什麼事。

陸夢是王征允妻子的朋友，當時是因為這層關係程澤凱把她介紹給季恆秋。兩個人試著接觸了，不適合，要不是那天陸夢突然來找他，他都快忘了有這個人。

但願別鬧出什麼事。

江蓁想喝酒，季恆秋不讓，她宿醉早上起來會頭疼，到明天起床又是一件大工程，受折磨的人可是他。

季恆秋幫她和程夏都要了一杯牛奶，江蓁嘴上抱怨，其實心裡樂得被管。

除了趙楠的大兒子在上晚自習無法來，今天人到的很齊，都拖家帶口的。楊明和妻子剛生了個女兒，才一歲多。

程夏吃著吃著就要去看妹妹，大人們玩笑說要不然兩人定個娃娃親，程澤凱和楊明更是親家都互相喊上了。

席間程夏要去廁所，江蓁牽著他出去。

走廊裡和女人迎面撞上時，江蓁視線都沒偏一點，剛剛在包廂裡就認出來了，她只當不知道。

江蓁把程夏帶進男廁，自己回到門口。

出乎意料的，陸夢沒走，靠在牆上像是在等她。

江蓁今天穿了高跟，身高上沒輸掉氣勢，她挑起一抹笑，走過去問：「等我啊？」

陸夢忽略這句話，張口就問：「妳和季恆秋在一起多久了？」

江蓁忍住心底的反感，佯裝無辜地眨了眨眼睛：「嗯……一個多月了吧。」

陸夢像是很滿意這個答案，往前逼近兩步：「那妳覺得妳對他瞭解多少？」

江蓁垂眸扯了扯嘴角：「怎麼？前輩要跟我傳授經驗啊？」

所謂人不可貌相，陸夢長相溫和無害，說話的語氣卻咄咄逼人：「不，妹妹，我是好心提醒妳，小心這樣的男人。妳以為妳能瞭解他，但其實到頭來受傷害的可能是妳自己。」

江蓁蹙了蹙眉：「妳什麼意思？」

陸夢聳了下肩，挑撥道：「妳不覺得他這個人很陰暗嗎？怎麼說呢，長了一張家暴臉？」

聽到那兩個字江蓁猛地舉起手臂，又在揮下去的那刻停下，胸膛起伏呼吸顫動。

陸夢微笑著看她，就等著她失控。

沒能如她願，江蓁深呼吸一口氣放下手，這巴掌她不能打，不管她們之間說了什麼，打了性質就變了，到時候難堪的只會是季恆秋。

她抿了抿唇，學著對方的口吻，保持住嘴角的笑：「那妳何必要求著人家復合？『我還是想你，我後悔了』，我記得妳才說沒多久，忘了？」

陸夢瞬間變了臉色：「季恆秋和妳說的？」

江蓁輕蔑地哼笑一聲：「我自己聽到的，妳可能把我忘了，那天讓座的就是我。」

陸夢顯然沒料到這一出，閃躲著目光氣焰全熄。

江蓁在心裡腹誹，自作聰明，跳梁小丑，在這演笑話看呢？

聽到沖水的聲音，江蓁最後對陸夢說：「妳可能搞錯了，是我比較陰暗，我長了張家暴臉，妳不如去提醒提醒季恆秋，讓他小心我這個女人。」

說完，江蓁抬腳踢在陸夢小腿上，動作快準狠。

陰雨天瓷磚上潮濕，挨了尖頭鞋跟一下，陸夢重心不穩眼看就要往前倒。

等她結結實實摔在地上，表情狼狽不堪，江蓁才「哎呀」了一聲，彎腰扶起她：「小心一點呀，地上滑。」

陸夢快抓狂了，咬牙切齒瞪著她。

「怎麼，不要我扶啊？」江蓁驀地鬆了手，陸夢又「啪」一下摔在地上，大概是撞到了骨頭，疼得齜牙咧嘴，淑女形象崩塌。

被氣紅了眼喪失理智，陸夢尖叫一聲朝江蓁撲過來。

程夏一出來就看到他嬸嬸被人掐著脖子，趕緊揚聲喊：「救命啊！爸！叔！嬸嬸被人打啦！」

陸夢和江蓁同時放了手，包廂裡的人聽到呼喊跑出來時，她們已經站了起來，互相扶持著，看起來很友好。

季恆秋快步走過來，擔心地問江蓁：「怎麼了？」

江蓁解釋道：「沒事，地上滑我們摔倒了。」

她朝其他人笑了笑：「不好意思啊，鬧笑話了。」

陸夢沒說什麼，像是默認了這話，理了理頭髮低著頭先走了。

店裡老闆一看鬧了這麼大陣仗，趕緊過來道歉，讓員工把門口的水拖乾。

虛驚一場，也無八卦可看，眾人心思各異地回了包廂。

程澤凱呼嚕程夏的腦袋一把：「崽，沒事別謊報軍情。」

程夏嘟了嘟嘴，小聲說：「可是我真的看見她掐嬸嬸脖子。」

季恆秋也聽見了，和程澤凱對視一眼，眸光暗了暗。

程澤凱說：「沒出大事就算了，畢竟老王生日，別鬧得不體面。」

季恆秋點點頭，道理他懂，但肯定是無法再在同個包廂裡待下去，就算江蓁不介意他也介意。

走到包廂門口季恆秋停下腳步，讓江蓁在原地等他。

沒多久季恆秋走了出來，拿著她的外套和包。

江蓁問他：「要走了嗎？」

季恆秋「嗯」了一聲，幫她穿上外套：「我們先回家。」

江蓁知道他是顧及自己的心情，扯扯他衣袖說：「我真的沒事。」

季恆秋垂眸盯著她看了幾秒，眼裡的情緒複雜：「走吧。」

季恆秋喝了酒，把車鑰匙給江蓁讓她開。

一路上江蓁偷瞄了他好幾眼，季恆秋的視線始終落在前方，沉默不言，薄唇抿成一條線，這麼冷著臉不說話，像是生氣了。

雨刷有頻率地擺動，玻璃窗模糊又清晰，雨下得越來越大，車廂裡的空氣沉悶，江蓁莫名覺得心慌。

到了樓下，江蓁停好車熄了火，應急燈關閉，安全帶「噠」一聲收縮歸位，他們卻還是坐著，誰都沒動。

季恆秋先出聲問：「誰先動的手？」

還是被看出來了，江蓁摳著方向盤，老實承認：「我。但不是我主動惹事，她先說話難聽的。」

怕什麼就來什麼，還是以最糟糕的形式發生。

季恆秋向後挪了挪座椅，騰出更大的空間，伸出左手對江蓁說：「過來。」

江蓁愣了愣，起身坐過去。

空間狹小，季恆秋一隻手穩住她的腰，另一隻手護著她的頭不撞到車頂。

在昏暗中他微微抬起頭，找到她的眼睛，問：「她說了什麼話？」

江蓁撇開視線沒回答。

季恆秋掰過她的臉逼著她直視，又問一遍：「說什麼？」

江蓁深呼吸一口氣，話說的又快又密：「她說我配不上你，挑釁我，讓我早點離開你，我一衝動就動手了，已經很克制了，你可別教育我啊，我心情已經很差了。」

季恆秋皺了皺眉，語氣強硬：「江蓁，說實話。」

江蓁不可能說實話，那話太刺耳了，她說不出來，她捨不得讓季恆秋傷心。

她裝出一副無賴樣：「反正就是打了，沒什麼好說的，扯頭花不體面，今天算我衝動，但我不後悔。」

江蓁動了動想起身，季恆秋按著背不讓。

陸夢和江蓁到底說了什麼，他大概能猜到，絕對不可能是「江蓁配不上他」這種話。

情緒交錯複雜，他最後感到的是自責，想直接坦白卻沒有勇氣。

有些東西不是誰都能承受，他自私地想一直這樣下去，陰暗的祕密潰爛至死，永遠都別讓她知道。

他不需要誰拯救他，誰來幫他釋懷，像這麼被愛著已經很奢侈了，他不敢要求江蓁更多。

季恆秋的手臂收緊了些，把江蓁牢牢箍在懷裡，動作強勢，說的話卻溫柔了下來：「剛剛摔得疼不疼？」

江蓁搖搖頭，圈住他的脖子：「我沒吃虧，她大概挺疼的。」

季恆秋無奈地笑了聲：「妳還挺驕傲。」

他摸著江蓁的頭髮，女孩到底還是受了委屈的，不在他面前抱怨，還這麼護著他。

季恆秋心房酸脹，將腦袋埋在江蓁肩窩，啞聲說：「乖寶，對不起。」

江蓁呼吸一緊，捧著季恆秋的臉，從額頭向下細細啄吻。

眉骨上的疤、鼻梁、唇角，最後在喉結處流連。

她喜歡的人是什麼樣，她自己會看，用不著從別人嘴裡瞭解。

陸夢不識貨，就讓這蠢女人後悔去吧，她的小福星有她愛著。

黑夜沉沉，大雨沖刷世界，寒風呼嘯而過。

雨點拍打在車窗上，隱祕瑣碎細小的聲音。

呼吸聲漸漸急促，季恆秋放下椅背，和江蓁調換了上下。

老天爺大概是看他前半生活得太可憐，發善心賜了朵玫瑰給他。

相遇是在秋天，那時花草開始凋零，一個不常被人喜歡的季節。

季恆秋卻收穫了一朵玫瑰，他小心護在懷裡，怕外頭的風雨，也怕自己身上的疤。

偶爾又貪心地想，玫瑰嘗起來是什麼味道呢？

——是不是有些甜過了頭。

雨看來是要下一整夜，季恆秋抱著江蓁上了樓，他的大衣把她裹得嚴嚴實實，遮住所有凌亂的痕跡。

沒真做但也夠荒唐了，兩個人都老大不小，怎麼幹的事越來越瘋。

季恆秋一邊邁上臺階一邊問：「想不想去看雪？」

江蓁閉著眼，有些睏了：「想啊。」

天氣這麼冷，快到有雪的日子，可惜不落在申城。

江蓁打了個哈欠，往季恆秋懷裡縮了縮，春天快來吧，今年的冬天太冷啦。

週五傍晚雨停了，但天色依舊陰沉，冷風吹在臉上像刀子割。

江蓁再臭美也不得已換上了一件厚厚的羽絨服，帽子圍巾手套，裹得只露出一雙眼睛。

一上車暖氣迎面而來，她長長地呼出口氣，解開圍巾搓了搓臉。

季恆秋把後座上的紙袋遞給她，麥當勞的包裝袋，還有一杯熱可可。

炸物的香味勾得江蓁肚子咕嚕叫，她捧著可可拈了兩根薯條吃。

「怎麼買了這個？」

「買給妳的晚飯，路上起碼有三個小時。」

季恆秋調了個頭，車子並不是往回家的方向行駛。

江蓁愣了，放慢咀嚼的動作：「去哪啊？」

季恆秋偏過頭，挑了下眉，笑得有些痞：「帶妳私奔。」

他第一次說這麼不正經的話，江蓁覺得新鮮，眨眨眼睛問：「私奔？」

「嗯，去麼？」

「去，天涯海角我都去。」

她沒問目的地，一路安心地啃著雞翅，愛得太盲目，什麼都沒猶豫就跟人跑了。

上了高速公路看到路牌，是往金陵的方向，她還挺期待，季恆秋能把她拐到哪裡去。

天氣不好，入金陵時已經快晚上十點。

季恆秋沒往市區的方向開，車子最後在一棟小別墅停下。

下了車，季恆秋從後車廂裡取出行李箱，江蓁的日用品都帶上了，洗面乳面膜一樣不落。

別墅是他早就訂好的名宿，兩層樓帶個小花園，裝潢是田園風格，溫馨雅致。

「哇！」江蓁進屋邊參觀邊感嘆，近四小時路程的疲憊完全被消解了，「也太漂亮了！」

季恆秋打開空調，把行李箱搬進二樓臥室，用外送軟體叫了餐。看她很滿意，他心裡也生出滿足感，不枉費他挑花眼睛找的地方。

江蓁把整棟房逛了一圈，跑著撲進季恆秋懷裡，眼眸亮晶晶的泛著光：「為什麼突然想來金陵呀！」

季恆秋戳戳她額頭：「帶妳看雪啊。」

天氣預報說今天晚上會有雪，幸運的話明天早上起來就是一個銀裝素裹的世界。

江蓁愣住，她都快忘記這回事了，沒想到季恆秋會為了實現諾言直接帶她去一個有雪的城市。

這樣大費周章，這樣不切實際的浪漫，就為了她一句想看雪。

江蓁癟著嘴，吸了吸鼻子。

季恆秋捏捏她臉蛋：「哭什麼？」

江蓁把腦袋埋在他懷裡蹭了蹭，不好意思說。

她二十七年的剛強直女心，要被融得化成水了。

季恆秋叫了兩碗鴨血粉絲，金陵的特色小吃，儘管在別的地方也吃過，但還是本地的最正宗。鴨血軟嫩，湯底鮮香，豆卜吸滿湯汁，一口下去回味無窮。

吃飽喝足，神經放鬆，江蓁摸著肚子，愜意極了。

季恆秋把包裝袋收拾好，讓她先去洗漱。江蓁卻有些興奮，不覺得睏，只惦記著雪。

最後是季恆秋強制把人扛上了床，她不累，他開了一晚的車早累了。

躺在床上江蓁翻來覆去睡不著，戳戳季恆秋，他已經睡熟了，無意識地抓住她手扣在懷裡，嘴裡嘟囔了句：「寶，睡覺。」

江蓁挪挪身子親了季恆秋一口，從枕邊摸到手機打算滑一下。

在熱搜上看到「金陵初雪」，江蓁騰一下起身踩著拖鞋到窗邊。

長夜靜謐，不知何時已經大雪紛飛，路燈映著雪花簌簌落下。

「季恆秋、季恆秋！」

季恆秋迷迷糊糊地睜眼，半夢半醒之中被江蓁拉了起來。

「下雪了！」

江蓁拽著他去院子裡，門一開寒風凜冽，她興奮地伸手去抓飄落的雪花。

沒多久手就凍得通紅，季恆秋捂在掌心搓了搓，問她：「冷不冷？」

江蓁笑著搖搖頭，有雪落在她的睫毛上，鼻頭也紅了，漂亮得惹人心疼。

「季恆秋，初雪快樂！」江蓁大聲喊，像是要說給全世界聽。

季恆秋不知道這有什麼值得慶祝，但還是朗聲回：「初雪快樂。」

「我希望季恆秋天天開心！」

怎麼又許上願望了，季恆秋失笑。

他沒什麼心願，就希望年年有今日，歲歲有今朝。

——江蓁永遠快樂自由，想要的都擁有，想要的他都給。

第十八杯調酒

後來季恆秋凍得受不了了，把江蓁連抱帶扛拖回房間睡覺。

鑽進被窩，江蓁拿手機挑了幾張圖片上傳社群，兩張是被路燈映亮的雪，一張是地上她和季恆秋靠在一起的影子，還有一張是她偷偷抓拍的季恆秋。

男人上半身裹著大衣，側臉線條冷峻硬朗，在雪夜裡氣氛十足，妥妥一個帥氣型男。

但只有江蓁知道他下半身穿著一件睡褲，下一瞬間就毫無形象地縮成一團，半求半催地對她說：「寶，我們能進去睡覺了嗎？」

——在一起的第一年，季恆秋送了我一場雪。

江蓁打好文字按下傳送，把手機放在床頭櫃上。

季恆秋抱著她的腰收攏進懷裡，在她頸邊蹭了蹭。

江蓁覺得癢，揉揉他腦袋，不知道能不能這麼形容，但季恆秋真越來越像土豆了。

她愛不釋手地親吻，獻出一腔柔情，月亮和星星都揉碎在眼睛裡，戀人的懷抱是烏托邦，從此她只看見世間有趣柔軟的一切。

第二天季恆秋罕見地賴了床，江蓁更是不用說，兩個人一覺睡過中午才起床。

本來想帶著她去周邊轉一轉，但雪天路不好，天氣又冷，季恆秋和江蓁選擇待在民宿。

房間裡安裝了投影機，一下午他們看了三部電影，《愛在黎明破曉時》、《手扎情緣》和《雨妳再次相遇》。

在冬日午後的昏暗房間裡，他們接了很多個吻，淺淺深深，凝視後相擁。陌生的城市，漫天的大雪，投影機照在白牆上，小屋無人問津，啤酒還剩下半瓶，他們似乎真的私奔了。

最後一部電影沒能看完，片尾字幕滾動，江蓁躺在床上，枕著季恆秋的手臂。頭髮被汗沾濕黏在脖子上，她伸手撥了撥，臉上紅暈未退，覺得自己像是泡在糖水罐頭裡。

屋裡還有未散的餘溫，纏纏綿綿，他們把時間過得又慢又長。

「季恆秋。」

「嗯。」

江蓁沒有說下去，季恆秋覺得那應該是句情話。

「江蓁。」

「啊？」

「我也同樣。」

凌晨的官宣發文讓江蓁的通知徹底炸鍋，底下留言了好幾十則。

主要是她以前沒幹過這樣的事，像個小女孩似的秀恩愛，隔著螢幕都能感受到戀愛的酸甜。

遠在大西北的陸忱要她請吃飯，江蓁爽快答應。

周以問這人怎麼這麼眼熟，江蓁回答：『就是At Will的老闆啦！』

周以大為震驚，什麼時候暗度陳倉的？上次還和她說那老闆長得普通，嘖。

酒館裡的朋友們留言了一波『老闆老闆娘百年好合！度假開心！』

江蓁想著大家上班他們偷閒太不厚道，往群組裡發了一個大紅包。

回覆完一圈親朋好友，已經到傍晚了，天光暗沉，早早入夜。

季恆秋看外面雪停了，帶著江蓁出門吃飯。

沒走多遠，就在附近的一家小餐館，點了幾道家常菜。

吃到一半季恆秋接了個電話，是周明磊打來的。

「喂。」

『喂，哥。店裡來了個男的，說是要找你。』

「男的？誰啊？」

『他沒說名字，就說要找你，一直坐著，也不點菜。』

「你拍張照片給我看看。」

『行。』

季恆秋掛了電話，江蓁問他：「怎麼了？」

季恆秋搖搖頭，夾了塊排骨給她：「沒事。」

很快周明磊傳了照片過來，是偷拍的，距離遠像素不清晰，季恆秋放大仔細辨認，男人穿著一件灰色羽絨服，頭髮有些長，油膩膩的貼著頭皮，看起來有四十左右了。

周明磊又說：『他說他姓夏。』

季恆秋的眼皮一跳，愣了好幾秒，才收了手機拿起筷子。

江蓁看他臉色不對，有些擔心：「到底怎麼了啊？誰來了？」

一天的好心情瞬間被搗亂，季恆秋收緊呼吸，突然想抽菸了，也沒瞞著，他回答道：「夏俊傑，我師父的兒子。」

江蓁「啊」了一聲：「你不是說他走了很多年了嗎？回來幹嘛？」

季恆秋嘆了聲氣：「要麼為了房子，要麼為了錢。」

江蓁不太明白這話：「找你要？」

季恆秋點點頭。

夏俊傑兩年前就回來過一次，師父走後遺產全給了季恆秋，一間店鋪和一間房子，還有一筆存款。

夏岩原本的打算是把房子賣了，把錢給領養的人家。那筆存款季恆秋全拿來幫程夏治病了，房子現在租出去，收到的租金也是幫程夏存著。

但是夏俊傑不知道，覺得這樣的分配不合理，他這個親兒子一分沒撈到，憑什麼全給季恆秋。

兩年前夏俊傑帶人把酒館鬧得天翻地覆，停業歇了好幾天。當時被陸夢撞見了，也聽見了夏俊傑罵他那些話，把她嚇得不輕，沒過多久就提了分手。

季恆秋沒挽回，欣然接受，但心裡還是落下了疙瘩。

這次夏俊傑是獨自來的，看起來和和平平沒想鬧事，但直覺告訴季恆秋他會比上次更難對付，看外表他過得很落魄，大約是走投無路了。

季恆秋看著江蓁，滿是歉意地說：「對不起啊，我們可能要提前回去了。」

江蓁這點事還是明白的，搖搖頭寬慰他：「沒事，吃完就回去。」

季恆秋戳戳她額頭，又揉了一把她的頭髮，嘴角的笑卻有些勉強。

如果場景再現，江蓁會是什麼反應？季恆秋不敢想。

沒了吃飯的胃口，季恆秋和江蓁囫圇咽了兩口，回到別墅收拾好行李就往申城趕。

回到酒館時還沒到零點，這時候店裡正熱鬧。

雖然申城沒下初雪，但店裡這兩天應景地做了炸雞和啤酒，正逢週末，來光顧的客人很多。

周明磊傳訊息說男人還沒走，像是要等到打烊，他說了老闆在外有事也不走。

夏俊傑和兩年前有了變化，頭髮長了人也更滄桑，整個人瘦了一圈，看起來比實際年齡老很多，周明磊後來才認出來他是之前鬧事的那個。

想趕也趕不了，見識過男人的流氓地痞樣，真鬧起來損失的是酒館，只能溫聲伺候著，楊帆還倒了杯水。

下車前季恆秋捏了捏江蓁的手，讓她先回家。

江蓁想陪著一起，季恆秋的態度卻很強硬：「回家等我，乖。」

「行吧。」江蓁沒再堅持，「那你有事打電話給我。」

季恆秋點了下頭。

看著江蓁上了樓，季恆秋坐在車裡，降下一半車窗，摸了根菸點燃。

奶白色煙霧繚繞消散於夜色中，季恆秋安靜得抽完一整根菸才下車。

木門「吱呀」一聲被推開，儲昊宇看見季恆秋一臉震驚：「哥你怎麼回來了？」

季恆秋往屋裡掃了一眼，問：「人呢？」

儲昊宇指指角落裡靠窗的位子：「那裡，就這麼乾坐一晚了。」

季恆秋向他交待：「和店裡其他客人說一聲，今天打烊早，讓他們早些回去吧。」

儲昊宇應道：「欸，好。」

「還有，等等沒叫你們就別過來，我自己能處理。」

「行。」

季恆秋一進屋夏俊傑就看見了，他一路走過去坐到桌子對面，兩個人的視線直直碰撞在一起，像是無形中已經拉開交鋒。

季恆秋雙手插著口袋，靠在椅背上，坐姿隨意，儼然一副主人的架勢：「好久不見啊。」

夏俊傑的目光從上至下打量他，聲音粗啞，像是混著沙礫：「呵，我可是等你一晚了。」

季恆秋叫來楊帆，上了兩瓶啤酒。

風平浪靜，像是一桌久別重逢的老友，季恆秋打開瓶蓋，把酒瓶推給夏俊傑，說：「請你。」

換來的是一聲不屑的冷哼和嘲諷：「做了老闆就是不一樣，季恆秋，你混得不錯啊。」

季恆秋沒耐心和他多周旋，灌下去一口酒，問：「說吧，找我什麼事？」

夏俊傑也不支吾，張口就道：「五十萬。」

季恆秋看著他，眼神玩味，良久之後嗤笑一聲，起身前留下一句：「酒喝完就早點滾。」

夏俊傑自嘲一笑，他聽出來了，這杯酒不是請，是打發，是施捨。

「怎麼沒見程澤凱？」他換了個姿勢，「聽說他有個兒子，都快五歲了。」

季恆秋停下腳步，眸光一凜。

「季恆秋，這條巷子變化是不是挺大的？但那些老太太還是這麼喜歡閒聊，你往巷口搬張椅子坐一天，什麼樣的陳年舊事她們都能說給你聽。」

季恆秋大步過去拽起他領口，夏俊傑幾乎整個人被拎起。

一口牙快被咬碎，脖子和手背上青筋凸起，季恆秋從喉間擠出兩個字：「你敢。」

「什麼叫我敢？要不是我這次回來我還真不知道董曉娟留了這麼大一個寶貝給我。」

店裡剩餘的客人不多，一看這邊打起來了都趕緊走。

陳卓想過去被周明磊攔下，他打電話給程澤凱，對方一直不接。

陳卓性格急躁，這一鬧他待不住了：「我靠，這怎麼辦啊？這人渣真他媽陰魂不散。」

周明磊還算冷靜，打不通應該是早早睡了，季恆秋的個頭和武力值都不會吃虧，怕就怕那人耍無賴。

季恆秋啐了一口：「呸，跟你他媽有個屁關係，別以為我不知道你在羊城已經有老婆孩子了，怎麼？家底又被你賭光了？」

夏俊傑破罐破摔，季恆秋的痛點在哪他就往哪刺：「對，我老婆跑了，錢賭光了，你聽著覺得是不是很耳熟？我從小就覺得我跟你應該換個爹，你和夏岩情深義重，我和你爸臭味相投。看看，這人生經歷一模一樣！」

季恆秋怒目圓睜，胸膛劇烈起伏，揮起拳頭作勢就要砸下。

夏俊傑卻一點也不怕，挑釁地笑：「打啊，你這個樣子和你爸真像，暴力狂，殺人犯，打啊！」

像是墜入烈焰深淵，季恆秋覺得神經快被撕扯灼燒成碎片，他紅著眼尾，某一瞬間理智殆盡，衝動的想一拳一拳把夏俊傑打得再也發不出聲。

——「季恆秋！」

江蓁不知何時出現在門口，一臉詫異地看著眼前的場面。

她的聲音讓季恆秋的某根神經鬆動，恍惚地被拽回人間。

看季恆秋分了神，夏俊傑認準時機狠狠往他臉上揍了一拳，接著一腳踹在他腹部借機掙脫開。

臉頰和身上一陣發麻，然後才感到鈍痛，嘴角應該是破了，季恆秋舔到了血腥味。

「喲。」夏俊傑看向門口的女人，「這你女朋友啊？」

季恆秋側身擋住他的視線：「想幹嘛？」

夏俊傑目光陰森，笑容可怖，扯著嗓子對江蓁喊：「我說這位美女，我勸妳離他遠點吧，妳知道他爸是誰麼？」

季恆秋心一沉，回過身想攔住江蓁別聽，夏俊傑卻已經毫不留情地說了出來。

——「殺人犯！把人活生生打死的！屍體血肉模糊，臉都變形了，那叫一個慘不忍睹啊。我好心勸妳離他遠點吧，小心他也是個暴力狂！」

一字一句像是鋒利的刀劃在心上。

「江蓁，我……」季恆秋瀕臨崩潰，眼眶猩紅像是泣血，聲音哽咽發顫，他想張口解釋，卻發不出聲，笨拙地扯著江蓁的手緊緊攥在手裡，怕她受到驚嚇逃跑離開，然後再也不回來。

江蓁低著頭背著光，看不見臉上的表情，周身的氣壓驟減，她甩了一下手臂，說：「鬆開。」

季恆秋盯著她，手上力氣不減。

江蓁又重複一遍：「鬆開。」

季恆秋閉了閉眼，緩緩鬆開手指。

屋裡只有高跟鞋踩在地板上的噠噠聲，所有人屏氣凝神，目光彙聚在江蓁身上。

她沒有轉身離開，直接越過季恆秋走到桌邊，抄起啤酒瓶握在手裡。

夏俊傑看著女人走了過來，警覺地往後退了兩步：「妳他媽想幹嘛？」

「看不出來麼？打人。」話音未落，江蓁一腳踢在男人腿上，在他吃痛叫號的空隙揮起啤酒瓶砸在他肩上。

「啪」一聲，玻璃碎片飛濺。江蓁的動作乾淨俐落，下手狠而果斷，從小學的防身技巧，終於派上用場。

最後男人撞到桌角摔在地上，痛苦地皺起臉，呻吟不斷，狼狽而醜陋。

大概是沒想到會被一個女人輕鬆撂倒，夏俊傑又惱又怒，發瘋一般地吼叫道：「我要報警！殺人了！救命啊！」

「報！知道是一一零嗎？」江蓁踩在他小腿上，用細長的鞋跟碾壓，剛剛他就是用這隻腳踹季恆秋，「老娘從小在警局長大的，最不怕的就是警察，你趕緊報。」

江蓁倒也沒亂說，她爸是警察，從小經常出入警察局，學了好幾招防身的格鬥術。

雖然個子小了點，但利用好巧勁，江蓁過肩摔個壯漢都行，像夏俊傑這種體型的根本不在話下。

這一出看呆一屋子的人，同步地咽了下口水，面面相覷，不敢相信剛剛那是江蓁幹出來的事。

夏俊傑喘著氣掙扎著從地上爬起來，季恆秋上前一步把江蓁護在身後。

夏俊傑嚷嚷道：「老子要去驗傷，賠償！」

江蓁挑了挑眉，掀唇慫恿：「去，快去。你去外頭說你這一身傷是我打的，你看誰信？」

夏俊傑氣得直發抖，拿手指著江蓁：「妳……妳……」

江蓁心裡頭也冒火，算上之前陸夢的帳一併發洩出來：「真他媽搞不懂你們什麼腦袋，一個兩個都要我小心季恆秋，就因為這狗屁理由？他爸是誰我一點都不關心，也用不著你操心。你他媽一個大男人有手有腳張嘴閉嘴就要錢，要不然這樣，你現在給老娘下跪磕三個頭，我就當施捨乞丐給你兩千，你磕嗎？」

「江蓁，」季恆秋攔住要衝上去的江蓁，「好了。」

江蓁深呼吸一口氣平復情緒，放緩語氣問季恆秋：「疼不疼？」

季恆秋搖搖頭。江蓁又心疼又替他委屈，小聲嘀咕道：「都說了讓你別受傷了。」

季恆秋俯身抱住她，吻在額角：「是我錯了。」

陳卓和周明磊過來把夏俊傑架著，他的目的就一個，要錢，不到窮途末路也不會來找季恆秋。

上次快把店砸了也沒要到一分，他現在手裡捏著把柄，錢必須拿到。

多年的混社會經歷讓夏俊傑練就了一張厚臉皮，他攤開手說：「行，你不給我錢，那就把兒子還我。」

季恆秋聽了覺得可笑：「兒子？當初董曉娟打你那麼多個電話你裝死不接，現在來一句兒子，你配嗎？」

「我不管，你不給我就天天坐酒館門口，說這裡的老闆搶人兒子。」

陳卓氣得無語，忍不住一腳踹在夏俊傑腿上：「你真他媽連人都不做。」

周明磊皺著眉制止他：「陳卓，別摻和。」

陳卓噘著嘴撇過頭，他還不想管呢。

季恆秋沉著臉，聲音又冷了幾度，他直直盯著夏俊傑，問：「你知道你爸是怎麼死的嗎？」

夏俊傑冷笑了聲：「用不著你提醒我，胃癌，我知道。」

「是生了病。」季恆秋往前逼近一步，居高臨下地看著他，「但他是被你害死的。」

夏俊傑抬起頭問：「你什麼意思？」

季恆秋平靜地開口，像是宣讀一則審判：「治療的錢替你拿去還了債，我和程澤凱快把存款花光了，差一點就要去借債。師父知道了，不讓，第一次對我們發了火。本來打算把房子賣了湊錢，但是董曉娟又找上門。師父一個晚上沒睡著，第二天說算了，他不治了，錢留著給孩子用。你以為他是怎麼死的？」

季恆秋咬著每個字，重重地說：「他是活活熬死的，因為你。」

夏俊傑愣然地看著他，眼睛渾濁無光。

多年鬱結在季恆秋心頭的怨恨，這一刻傾瀉而出：「你知道小孩一生下來是弱聽麼？我和程澤凱從申城跑到北京找醫生，一邊忙著酒館開業一邊照顧小孩。那個時候你在哪？你他媽在外面娶新老婆過得風生水起。我告訴你夏俊傑，夏岩他沒兒子，他只有兩個徒弟。程夏他也沒你這個爹，他只認程澤凱一個爸。你要錢？你憑什麼？你哪來的臉？」

季恆秋說完最後一句，整個人都在發抖，江蓁牽住他的手，掌心裡全是冷汗。

她一下一下摸著他的背，再開口不自覺帶上了哭腔：「恆秋，我們回家吧，好不好？」

夏俊傑癱坐在地上，盯著面前一個點出神，驀地又笑起來，放肆地大笑，笑到猛烈咳嗽，像個倡狂的瘋子。

夏岩是他害死的，這話多麼可笑多麼諷刺。

周明磊把人趕了出去，夏俊傑瘋瘋癲癲地走了，落魄地來，狼狽地走，他大概再也不會回這條巷子。

店裡的殘局留給楊帆他們收拾，江蓁牽著季恆秋回了家。

他全身肌肉緊繃著，還陷在剛剛的情緒裡出不來。

江蓁拿了熱毛巾幫他擦臉擦手，又仔細清理嘴角的傷口。

「衣服掀起來給我看看。」

季恆秋說：「沒事，不疼。」

江蓁掀開衣擺，腹部青了好大一塊，這叫不疼？

她想抱著季恆秋，又怕弄疼他，一個淚腺不發達的人垂眸間淚珠盈滿眼眶，成串似的往下掉。

季恆秋慌了，捧著她的臉：「乖寶，別哭啊。」

江蓁泣不成聲，斷斷續續地說：「我在家裡，越想越擔心。我去找你，就看見你……季恆秋，你是白癡嗎，怎麼總是站著讓人揍啊？」

季恆秋慌亂又笨拙地親吻，像是犯了錯的小孩急於彌補，他不停地道歉，那些眼淚落下全燙在他的心尖上。

抽泣了好一陣，江蓁趴在季恆秋肩上，鼻子都哭紅了。

季恆秋揉著她的頭髮，啟唇說：「我爸……」

江蓁卻制止他說下去：「今天不說這個了。」

「好，不說這個。」

想要逗她開心，季恆秋岔開話題道：「妳在哪練的功夫啊？沒看出來妳還有兩下子。」

江蓁驕傲地揚了揚下巴：「我爸教的，靠這幾招稱霸江北區呢！」

季恆秋很捧場地誇道：「哇，厲害啊。」

有一陣子他們只是互相依偎著，誰也沒說話。

夜深了，江蓁打了個哈欠，思考越來越慢。

她倏地聽到季恆秋說：「其實我特別怕妳聽到那些話。」

江蓁下意識地問：「為什麼啊？」

季恆秋捏了捏她的手背，沿著掌心紋路描摹。

很長一段時間裡，大家只記得季恆秋是殺人犯的兒子，而忘了他也是暴力的受害者。

有人悲憫他，有人安慰他，也有人像看病毒一樣排斥他，不願意和他有接觸。

——「他爸爸是殺人犯，那他會不會也有反社會人格？」

——「肯定啊，看他平時都不說話，一個人待在角落裡，他說不定也內心陰暗。」

——「啊啊，好可怕！離他遠點！」

這樣的對話季恆秋無意中撞見過好多回，奇怪，他好像怎麼活都不對。

開心是錯——「你爸把人活生生打死，你還笑得出來？」

難過是錯——「反社會人格也會有同情心嗎？」

連面無表情都是錯。

季恆秋漸漸變成一個擅長克制、忍耐的人。

因為一旦他表露出過激的情緒和行為，周圍的人就會露出「你看，他果然是這樣」的目光，像是驗證了那些揣測。

夏岩告訴他，人是活給自己看的，喜罵由人，別人怎麼看不重要。

這個榮耀半生清貧平生的男人是他的師父、他的長輩，很多時候又扮演著父親的角色。夏岩走之後季恆秋消沉了很久，話比以前更少，更不願意見人。

後來等生活逐漸穩定下來，酒館的營業邁上正軌，程澤凱開始拉著他到處認識朋友。季恆秋真的很好奇他是從哪裡認識這麼多人的，各行各業幹什麼的都有。

一切重新開始，季恆秋慢慢覺得自己好像可以像一個普通人一樣生活了，所以程澤凱介紹他和陸夢認識時，季恆秋沒拒絕。

確實是個挺好的女孩，溫柔漂亮，總是細聲細語，「阿秋、阿秋」地叫他，季恆秋是真的考慮過和她結婚。

所有的美好泡影都在夏俊傑出現那天破滅。

今天他和江蓁說的所有話，一模一樣的，也在兩年前對陸夢說過。

那時陸夢鬆開了他的手，慌慌張張逃跑似的轉身離開。

季恆秋以為她是受到驚嚇，幾天後卻得到一句「分手吧」。

他不怪陸夢，甚至能完全理解她。

只是季恆秋又開始自我懷疑了，他到底是一個什麼樣的人？

怎麼好像大家都知道，只有他自己不知道。

他是一個不幸的人，他是一個陰暗的人，他是一個孤獨的人。

在季恆秋快要接受這樣的自己時，江蓁卻突然闖了進來。

長得漂漂亮亮，做的事情卻奇奇怪怪。

喝醉酒吞一勺辣醬，嫌棄申城的抄手不好吃，叫他「秋老闆」，把冰棒說成棒棒糖，說自己不是酒鬼是美女，莫名其妙又冒充他的女朋友……

季恆秋從來沒遇過這樣的人，所以喜歡上她到底是始料未及還是理所應當呢。

江蓁說他是小福星，是大寶貝，偶爾還學著申城話的腔調喊他「阿拉小啾」，然後自己狂笑一通。

喜歡他，珍惜他，護著他，堅定地沒有鬆開他的手，還上去幫他出氣。

哪有這樣的人啊，女菩薩下凡麼，也不對，這戰鬥力起碼是鬥戰勝佛，太能打了。

在江蓁快要入睡前，季恆秋才給出了問題的答案。

——「因為我特別特別愛妳。」

所以特別特別害怕失去妳。

寒風席捲城市每個角落，冬夜漫長。

季恆秋穿過江蓁的指縫十指扣住，把她攏進懷裡。

他突然想瞬間老去。

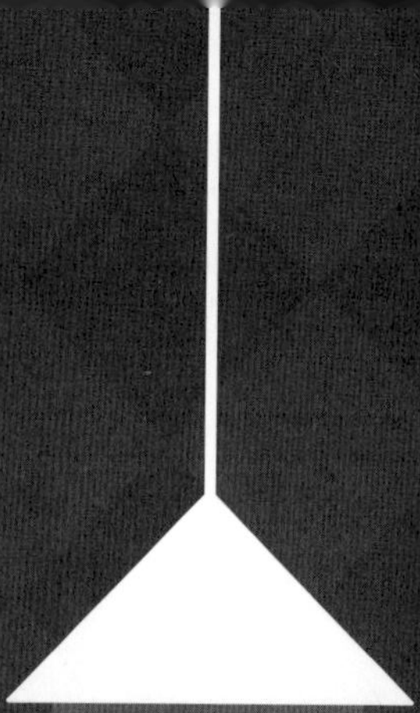

第十九杯調酒

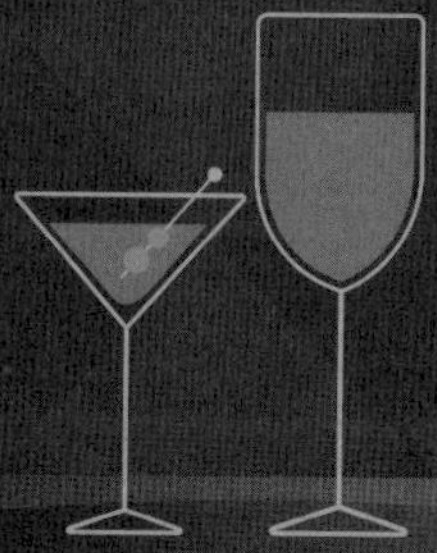

這兩天降溫，程夏週五從幼稚園出來就有些咳嗽流鼻涕，程澤凱一整個週末都在照顧小孩，特殊期間，感冒發燒都要特別小心。

夏俊傑來過的事他後來才知道，發了好大一通火。

再加上這兩天董曉娟不停聯絡他，話裡話外都是想要見兒子，程澤凱氣得肝火旺盛，嘴上都長了個泡。

他這麼一個心軟好說話的人，態度始終強硬沒鬆口，不用見，見了又怎樣，早就沒關係了。

陰雨持續了快半個月，天終於放晴了，挑了個下午季恆秋和程澤凱帶著程夏去了墓園。

沒帶花，老頭不喜歡，季恆秋拎了一瓶高粱酒，還有三碟下酒小菜。

程澤凱摸摸程夏的腦袋，說：「喊爺爺。」

程夏乖巧地喚：「爺爺。」

季恆秋拿了打火機燒了堆紙錢，把酒倒進杯子裡放在師父的墳前。

「師父，好久沒來看你了，今年我們還帶了個人來。」季恆秋拉著程夏上前一步，「這是程夏，你的小孫子，很乖很討人喜歡，你就放心吧。」

紙堆燃燒，煙霧燻紅了季恆秋的眼眶：「還有，我有女朋友了，本來也想帶她來的，但她在加班，說要努力賺錢養我，下次有機會再帶你見見。」

墓碑上的夏岩和藹地笑，「師父夏岩之墓」，立碑人是徒弟季恆秋、程澤凱。

這個大半輩子都在灶臺前忙碌，做了無數道珍饈美食的人，最後死於胃癌，臨終前瘦得皮包骨，什麼東西都咽不下。

命運是無情的操盤手，在它定下的結局面前，人只能嘆息一聲無奈接受。

季恆秋十四歲那年，季雷過失殺人入獄，梁春曉不想帶著他，他知道。

在他快要接受自己是個孤兒的時候，是夏岩走到他面前，伸出粗糲、滿是老繭的手，問他：「不是說想學做菜麼，以後跟著我，當我徒弟，行不行？」

從此他才有了家。

以前夏岩喜歡喝酒，醉了就愛拉著季恆秋說過去。

說在北京的大酒樓，他做的菜是鐵打招牌，顧客都是為他來的；說電視臺辦了廚藝比賽，他拿了冠軍後聲明大燥，酒樓的生意也跟著翻倍；說他以前也有自己的班底，好幾個聰明手巧的乖徒弟。

季恆秋問他：「那現在那些徒弟呢？」

夏岩擺擺手，不說話了。

榮華富貴曾經只有一步之遙，差一點他就會帶著自己的班底成為某位達官貴人的專聘廚師。

以為生活遇到了轉機，噩耗卻先一步來臨。

妻子難產在醫院搶救，家裡人打了無數個電話給他。當時夏岩正在後廚忙碌，手機在換衣間裡，等他下班了才看到訊息。

孩子保住了，老婆大出血沒救回來。

三十年前，從北京到申城坐飛機要用大半天。原本是想衣錦還鄉榮歸故里，他卻一身素衣回來參加妻子的葬禮。

夏岩散了班底，辭去了北京的工作，辛苦奮鬥這麼多年就是承諾要讓她過上好日子，可現在一切都成了徒勞。

他突然不知道為誰而活了，消沉度日，在巷子裡開了家小餐館庸碌謀生。

徒弟們有的找了新師父，有的去了別的酒樓，沒再聯絡過他。

也許是因為那時生存太難，情義成了不必要的奢侈品，失去往日風光的夏岩，再用不著巴結討好。

夏岩其實沒怎麼教過季恆秋，這小子只學他想做的，那些基本功他根本就懶的練。

季恆秋想學什麼，先來問食譜，夏岩把步驟告訴他，其他的讓他自己琢磨搗鼓，偶爾他在旁邊提點兩句。

幸虧有天賦，做出來的東西還挺像樣。

程澤凱的到來那更是個意外了，他不像季恆秋沉悶話少，是個很討人喜歡的大男孩，嘴甜又機靈，知世故卻不圓滑。

當時程澤凱和女朋友在巷子裡租了間小公寓，在夏岩家的樓上，小倆口從學生時代就交往了，一起來申城打拚事業。

自從知道巷子裡的餐館是夏岩開的，程澤凱經常來打包了帶回去吃。

他那女朋友工作很忙，每天都加班，相比之下程澤凱倒是很清閒。

後來這小子膽子大了，經常跑後廚來和他偷師學藝，說是要學了做給女朋友，以後自己下廚。

夏岩開玩笑說那要收學費，程澤凱第二天拎著一籃大閘蟹和兩瓶白酒上門，進屋就喊：「師父！」

兩個徒弟，都沒經過正式的拜師禮，沒敬過茶沒磕過頭，一個是可憐沒人管被他帶回家的養子，一個是偷師學藝的渾小子。

後來他臥病在床，卻是這兩個人照顧著，送他百年為他安頓後事。

人與人之間的緣分真是說不準，這一生夏岩輝煌過，失意過，兒子不爭氣，但有兩個好徒弟。

走之前他還看到了小孫子一眼，去了地下也能和早逝的妻子有個交待。

咽氣前，他拉著季恆秋的手說：「我已經很幸福了，沒遺憾。」

墓園裡空氣差，飄著灰塵，程夏感冒還沒完全好，程澤凱先帶著他回了車上。

紙錢被燒成灰燼，季恆秋最後磕了三個頭。

「師父，你讓我找個能把我從黑暗裡拉出去的人。」季恆秋頓了頓，喉嚨口發緊，「我遇到了一個特別好的人，但我不期待她能拉我一把，我就想借著她的光，取一點點暖，這樣就夠了。」

季恆秋站起身，地上不平整，膝蓋跪得有些麻：「求你保佑她平安健康，最好，保佑她永遠在我身邊。」

到了年底手頭的事又多了起來，各種各樣的總結彙報，江蓁在電腦面前一坐就是一下午。

季恆秋說今天晚上有聚會沒辦法來接她，下了班江蓁在公司附近隨便吃了口。

回到巷子已經八點多了，季恆秋還沒回來，江蓁打算去酒館坐著等他。

程澤凱今天也在，江蓁在吧檯邊坐下，要了杯果酒。

「好久沒看到你了。」

程澤凱舉起杯子和她碰了碰：「兒子這兩天感冒了。」

江蓁抿了口酒，指腹摸著杯沿，猶豫了一下才開口問：「季恆秋他爸，到底是怎麼回事啊？」

程澤凱撇開視線：「這話妳別問我。」

江蓁說：「那我也不能去問季恆秋啊。」

程澤凱嘆了一聲氣，握著酒杯晃了晃：「陸夢也來問過我，我傻傻地告訴她了，然後過兩天她就把阿秋甩了。這次我不說，我不背鍋。」

江蓁白了他一眼：「我和那女的不一樣。」

程澤凱還是閉口不談。

江蓁只能換個問題：「行，那我問你，你知道季恆秋去養老院是看誰嗎？」

程澤凱皺起眉：「養老院？」

「嗯。」江蓁點點頭，「他好像經常去。」

程澤凱摸了摸後腦勺：「沒聽他說過啊，妳確定嗎？」

連程澤凱都不知道，江蓁咬了咬嘴角，敷衍道：「那應該不是什麼重要的事吧，我可能搞錯了。」

他們說話間季恆秋回來了，懷裡捧著一束玫瑰。

走到江蓁面前，季恆秋把花遞過去，引得陳卓和程澤凱一陣起鬨。

江蓁接過花，笑意嫣然：「怎麼沒讓我去接你啊？」

季恆秋在高腳凳上坐下，要了杯水：「就在附近，我走回來的。花店裡沒妳喜歡的那種，將就一下。」

屋裡熱，季恆秋脫下外套，江蓁這才注意到他今天的打扮，繞著他走了半圈上下打量：「喲呵，穿西裝了，你今天去什麼聚會了啊？」

程澤凱嘴快替他回答道：「同學聚會，不該體面一點麼。」
江蓁：「高中同學？」
季恆秋：「大學同學，好久沒聚了。」
江蓁抿著嘴眨了眨眼睛，季恆秋戳戳她額頭：「妳這什麼表情？」
江蓁無比純真地問：「你還上過大學啊？」
程澤凱噗嗤一聲笑了出來，季恆秋瞇了瞇眼，表情一言難盡，「那妳以為呢？」
江蓁誠實回答：「不喜歡讀書的校霸，輟了學但又迫於生計跟人做學徒。」
她指指陳卓：「就這樣的。」
陳卓沒想到自己躺著也能中槍，急了：「靠，嫂子妳什麼意思啊？」
江蓁趕緊解釋：「比喻比喻，就比喻一下！」
程澤凱笑得肚子都疼了：「那妳肯定不知道吧，周明磊還是他學弟呢，他們同個系的。」
江蓁嘴張成O型，這兩個人的氣質相差也太大了，她問：「哪個系？」
季恆秋回答：「財務管理，但他比我小很多屆。」
江蓁感到世界觀搖搖欲墜，憤然道：「那你當什麼廚子啊！」
季恆秋挑了下眉：「不行嗎？」
江蓁賠笑道：「行、行。」
女人的大腦構造山路十八彎，很快江蓁的關注點又跑到了別處，話鋒一轉問：「你今天穿這麼帥，不會是因為大學時期的前女友也在吧？」

季恆秋覺得無語：「妳哪看出來的？」

江蓁摸著下巴，點了點頭：「肯定是，不然你們為什麼不乾脆在酒館聚？這地方多好多方便啊，你是不是怕我看見你的白月光！」

季恆秋快氣笑了：「屁個白月光。」

江蓁挺直腰桿，一掌拍在桌子上：「那下次就在這裡聚，讓我也見見你同學！」

季恆秋彈了她腦門一下，恨鐵不成鋼道：「妳是笨蛋嗎？要在酒館聚那就要我來做東，兩桌二三十個人，一晚的收入呢。」

「哦──」江蓁恍然大悟，拍拍季恆秋的手臂，讚許道：「不愧是學財務管理的哦！」

陳卓擦著杯子笑了一聲，吐槽道：「這不就是摳嗎？」

換來老闆和老闆娘的兩道死亡凝視。

──「你大方，你來請。」

──「我摳門，你哥不是更摳？」

陳卓一張嘴抵不過兩張嘴，欲哭無淚，怎麼到頭來受傷的只有他！

陳卓一甩頭，拿著剛調好的酒找他哥去了，不理這對臭情侶。

程澤凱笑著旁觀，心裡悄悄感嘆季恆秋是真的變了，身上有活氣，會打鬧會玩笑。

一個游離在世界之外的人，突然融入了人群中，這挺好，多虧了江蓁。

「欸，對了。」想起什麼，程澤凱轉頭問江蓁，「對於妳們女孩子來說，比較能接受哪種方式的拒絕？」

江蓁想了想，回答道：「我們哪種方式的拒絕都不接受。」

程澤凱：「……」

江蓁聽出話裡的意思，問：「怎麼啦？最近惹上什麼桃花啦？」

程澤凱喝了口酒，塌下肩「嗯」了一聲。

江蓁八卦道：「誰啊？哪家的啊？」

程澤凱摸了摸後腦勺：「說起來妳還見過。」

「我見過？」江蓁轉頭看了看季恆秋，他搖搖頭表示自己也不知道。

「到底是誰啊？」

程澤凱的視線在他們身上轉了一圈，公布答案道：「傅老師，程夏輔導班那個。」

江蓁提起一口氣睜大雙眼，不可思議地看著程澤凱：「她？她才多大啊。」

「二十三。」

江蓁算了算：「和你差了十多歲呢。」

季恆秋也倍感意外，問他：「人家怎麼看上你了？」

程澤凱疲憊地嘆了一聲氣，說到底還是自己作的孽：「前兩天去找唐立均，在店門口正好看到她了，和一男的在相親。」

季恆秋和江蓁排排坐，手裡拿著從裴瀟瀟那薅來的一把瓜子：「然後呢？」

程澤凱接下去說，情緒漸漸激動起來：「那就是個猥瑣男，對她動手動腳的，又是攬腰又是摸手，我那兩天火氣大，本來心情就不好，一看這種事血壓一飆就衝上去把人揍了。」

江蓁鼓掌叫好對程澤凱豎了個大拇指，季恆秋扶額嘆息一聲，以後要讓這兩人少參與程夏的教育，君子動口不動手，這兩個是能動手解決就絕不多說一句廢話。

江蓁按照偶像劇的套路，往下猜道：「所以英雄救美，她對你淪陷了？」

「也不是吧……」，程澤凱仰頭四十五度看著吊燈，錯就錯在他這張犯賤的嘴，「女孩子嚇到了，眼淚啪嗒就往下掉。我安慰她說：『妳別哭啊，妳這麼好的女孩不用怕找不到好男人。我就是年齡大了，早幾年遇到妳我肯定追妳。』」

江蓁和季恆秋嗑瓜子的動作停住，兩人對視一眼，心意相通，認同地對彼此點了點頭。

季恆秋：「你就是欠的。」

江蓁：「造孽啊。」

人家一直都知道他是個單身父親，他說的時候不過腦子，傅雪吟卻當了真。

前兩天程澤凱去接兒子的時候被人叫住，傅雪吟問他：「如果我不介意你年齡大呢？」

她看著他的目光乾淨坦蕩，隱祕又直白的一句話，饒是向來口才好的程澤凱也啞口無言了。

可以說是落荒而逃，八面玲瓏的人少見的翻了車。

這兩天程澤凱已經唾罵了自己無數遍，實在沒轍了才來找人求助。

他從季恆秋和江蓁手裡奪走瓜子，著急地催道：「你們倒是幫我想辦法啊！」

怪不得今天一個人在店裡喝悶酒，江蓁拍拍手上的碎屑：「人家沒嫌你年齡大，也沒嫌你有孩子，你應該覺得高興才對啊。」

程澤凱又倒了杯酒，語氣悶悶不樂：「她年齡小，看事情不成熟，但我不能也犯傻耽誤人家啊。」

季恆秋剛剛一直聽著，他看著不擅長處理感情問題，這時候卻一針見血道：「所以你到底是在猶豫怎麼拒絕她，還是猶豫要不要拒絕她？」

程澤凱瞳孔顫了一下，呼吸頓住，像是被說中了。

季恆秋問他：「你也瀟灑這麼多年了，真不想找個人好好過日子麼？」

程澤凱搖了搖頭：「那也不能是她啊。」

季恆秋反問：「為什麼不能？」

這一句話砸出來，程澤凱好久沒再說話。

吊燈的橘光灑下，映得杯子裡的酒液發亮，他在酒館裡遇到無數借酒消愁的人，今天也成了其中之一。

安靜了一下，季恆秋說：「別恐懼愛，也別吝嗇愛。」

他起身拍了拍程澤凱的肩：「這話是你告訴我的。」

有些道理誰都明白，輪到自己該糾結的還是照樣糾結。

程澤凱煩心了兩天，傅雪吟對他的喜歡就像燙手山芋，知道裡頭是甜的，但他握不住，承受不來。

接下來幾週的週日都是季恆秋去接程夏，程澤凱躲著她不見，怕見了面尷尬。

他最後拒絕傅雪吟，就說了一句話：「那天換了別人我也會這麼做這麼說。」

江蓁聽後說他殘忍，心疼人家小傅老師。

季恆秋遞了根菸給他，兩個人在酒館外沉默地抽完。

寒風吹動屋簷上的鈴鐺，燃盡的菸頭被碾滅，一縷白煙消散在空中。

程澤凱主動問季恆秋：「沒什麼要跟我說的嗎？」

季恆秋背靠在牆上，輕聲開口問：「你以後想起她，會後悔嗎？」

程澤凱笑意淺淡：「也許吧。」

季恆秋也不再多說：「你想清楚就行。」

十二月的最後一個禮拜，江蓁搬了家。

比起上次跨越半個城，這一次輕鬆多了，從二樓到三樓，箱子都是季恆秋拎的。

二樓又重新找了個租戶，一個考研究所的大學生，壓力應該挺大，江蓁每次看到他都覺得頭髮又稀疏了一點。

季恆秋挪了半個衣櫃給她，這天週末江蓁在家裡收拾衣服。

想把幾個不常背的包收進櫃子裡，江蓁看了看，只有最上面還有點空間。

她拿了椅子墊在腳下，想把包塞進去。

放了兩個卻發現位置不夠了，江蓁往裡看了看，有個大箱子堵著，不知道季恆秋拿來裝了什麼。

她想把箱子挪出來，手一點一點搆，還挺沉，她握著邊緣沒抓好力，箱子脫手砸到了地上。

「砰」一聲嚇了她一跳，江蓁呼出一口氣跳下椅子。蓋子被摔在一旁，裡頭全是衣服。

她撿起散落在地上的T恤，看起來有些年頭了，尺碼看起來不大，應該是季恆秋小時候穿的。

不過令江蓁覺得奇怪的是，這裡面的長衫、短衫色彩鮮豔，和他現在除了黑就是深灰的風格迥然不同，也許是男孩子長大了就不喜歡那些花裡胡俏的顏色了吧。

聽到屋裡的動靜，季恆秋走到房間門口問：「怎麼了？」

江蓁把衣服疊好放進箱子裡：「沒事。」

她剛想問他這箱衣服能不能換個地方收納，就見季恆秋沉下臉從她手裡奪過箱子。

「妳翻這個幹嘛？」季恆秋的語氣帶著責怪，眉頭擰緊像是生氣了。

江蓁愣了愣，解釋說：「我想把我的包放進櫃子裡，這個占地方。要不然放儲物間吧？都是舊衣服了，你還留著啊？」

季恆秋意識到自己話說重了，緩和了一下語氣說道：「我拿出去吧，妳放包。」

因為這一下插曲，吃晚飯的時候兩人之間的氣氛有些微妙。

談戀愛後這是季恆秋第一次對她說重話，江蓁不知道那箱衣服有什麼重要，能讓他這麼在乎。

季恆秋也察覺到她情緒不好，一直殷勤地夾菜給她。

一碗飯吃了一半江蓁就說飽了，坐在沙發上抱著土豆看電視。

季恆秋是按照她平時的飯量盛的，這下有些不知所措。

他給江蓁留了點飯菜怕她等會餓，從冰箱裡拿出草莓洗乾淨，又拿了瓶優酪乳。

這都看不出來她生氣的話，那這男朋友他也白當了。

季恆秋把草莓遞過去，江蓁撇開臉說：「不想吃。」

真有小情緒了，季恆秋用指節刮了刮下巴，這要怎麼哄啊。

季恆秋叉著腰站了一下，突然俯身把江蓁懷裡的土豆抱走，趕牠回自己狗窩。

江蓁正要表達不滿，整個人就騰空被他抱了起來。

看季恆秋要回房間，江蓁憤怒地喊道：「季恆秋！做愛解決不了任何問題！」

季恆秋停下腳步，看著她的眼神委屈。

江蓁被他放在床上，剛想起身季恆秋就壓了下來，力量克制，她掙扎了一下但推不動他。

江蓁更惱火了：「你給我起開！」

季恆秋不動，腦袋埋在她肩窩蹭了蹭，悶聲道：「不是故意要凶妳。」認錯態度倒還算良好，江蓁捏捏他耳朵：「那我能聽解釋嗎？」

季恆秋埋著頭沒回答，半晌後翻身躺在江蓁身邊，眼睛盯著天花板。

「我媽在我七八歲的時候就走了，跟一個男人。她走了之後我爸澈底變了一個人，下班了就喝酒，喝醉之後找各種理由罵我打我，所以我小時候過的還挺慘的。」季恆秋說的時候很平靜，他每次提起過去都異樣的平靜，像是轉述別人的故事，「但有兩個人對我很好，一個是師父，經常送吃的給我，還有就是方姨。」

江蓁側過身子，頭枕在手臂上，望著季恆秋的側臉，專注地聆聽。

「方姨在服裝廠上班，會做衣服，她兒子的衣服都是她自己做的，穿不下了就拿來給我穿。一開始我還特別高興，覺得自己有新衣服了，但年齡大一點，有自尊心了，不願意穿別人的舊衣服。我個子長得也快，個頭和她兒子差不多，後來方姨每次做衣服都做兩件，一件給她兒子，一件給我，那箱裝的就是她做給我的衣服，她以前對我真的很好。」

滿滿一箱的衣服也是厚重的人情，江蓁沒想到是這樣，季恆秋心最軟，別人對他的好總是記的牢牢的，她靠過去抱住他，輕聲認錯：「我不該耍脾氣的。」

季恆秋把她攬進懷裡，吻在額頭上：「是我語氣不好。」

江蓁問他：「那方姨現在在哪啊？」

季恆秋抱著她的手臂收緊了些，回答說：「後來就搬走了。」

江蓁點點頭，想像著年少時的季恆秋，單薄的少年抽節似的長大，沒有父母庇護，外人的一點點關愛都被他小心珍藏，是竹又是樹，堅韌沉穩，在風雨中無聲成長。

她愛惜地吻在他心口，說：「什麼時候我們去看看方姨吧，我要謝謝她對你這麼照顧。」

季恆秋摩挲著江蓁的髮尾，遲遲沒有應好。

他這麼用力地抱著江蓁，掩藏自己渾身在發抖的跡象。

僅僅是提起這些就花了莫大力氣，那又要如何向她坦白他的罪過、他的偷生。

——他卑劣的、早該被剝奪的生命。

第二十杯調酒

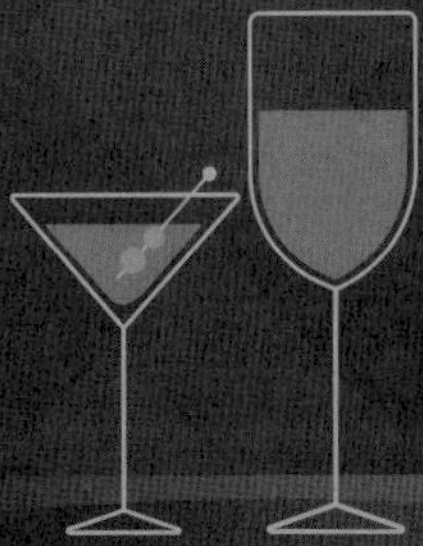

和季恆秋同居的這段時間裡，江蓁好多生活習慣都變了。

晚上不再熬到凌晨一兩點，要是不幹那檔子事季恆秋也會沒收她手機督促她睡覺。

早上季恆秋跑完步遛完狗回來，正好叫她起床吃早飯，江蓁的生活作息健康得不行。

今天一大早季恆秋就出門了，說是要和楊明去海鮮市場看貨，酒館裡跨年要做大餐。

江蓁設了八點的鬧鐘，沒人貼著撒起床氣，今天不能賴呼，乖乖爬起來洗漱。

季恆秋把車留給她了，讓她等等自己開車去上班。

江蓁化完妝看時間還早，打算去巷子口吃個早餐。

陰雨散去，清晨藍天晴明，街道上的白噪音熱鬧但不嘈雜。

江蓁拉開門走進店裡，剛要點餐就聽老闆娘問她：「是阿秋的女朋友嗎？」

季恆秋說過巷子口的早餐店開了好多年了，店主劉嬸是老鄰居，江蓁笑著點點頭：「是啊。」

劉嬸從身後的保溫箱裡拿了杯豆漿還有兩個豆沙包，遞給她說：「阿秋讓我留一份，不然這時早賣光了。」

江蓁接過，乖巧道謝：「謝謝嬸嬸！」

劉嬸擺擺手，常年操勞讓她皮膚粗糙，手上生出了凍瘡，但笑容樸實親切，就像這家經年不變的早餐店，裝潢簡樸但又讓人覺得溫暖：「阿秋和我說最漂亮的那個就是妳，我一看確實漂亮！」

江蓁不好意思地笑笑，挑了個就近的位子坐下，打開塑膠袋咬了一口豆沙包，裡頭的餡香甜綿密。

劉嬸問她夠不夠吃，要不要再拿個茶葉蛋。

江蓁趕忙說：「夠了夠了。」

她拿出手機對著手裡的早飯拍了一張，傳給季恆秋。

江蓁：『好甜！』

季恆秋回：『今天沒賴床？』

江蓁嘬著吸管打字：『沒，沒人讓我賴。』

季恆秋：『懂了，以後自己起床，要獨立。』

江蓁：『卡幾嘛[1]，要抱要哄，一醒來沒看到你我渾身都沒力氣！』

季恆秋這次回了則語音：『這點力氣留著晚上再使。』

江蓁把聽筒放在耳邊聽完，臉上的笑比手裡的豆沙餡更甜，越來越不知羞了。

「欸，對了，嬸嬸。」江蓁抬頭問，「您認識方姨嗎？她現在在哪啊？」

劉嬸像是懷疑自己聽錯了，不敢相信地向她確認：「方姨？阿秋跟妳說的？」

江蓁「嗯」了一聲：「說是以前對他很好的一個鄰居，我問他搬去哪了他沒說，妳知道

1 韓文가지마的音譯，意思是「不要走」。

她在哪嗎？」

劉嬸低頭擦著桌子，神情有些不自然：「她兒子出事之後全家就搬走了，我也不知道，都過去好多年了。」

「哦，這樣啊。」江蓁沒再問下去，把吃完的塑膠底揉成一團扔進垃圾桶，起身和劉嬸告別。

元旦剛好在週末，從這一週開始大街上張燈結綵，新年新氣象，人也有了新希冀和盼頭。需要告別的卻不只二〇二〇，跨年夜的前一晚上，李潛告訴江蓁他要走了。不是提起行囊奔赴下一段旅程，是離開申城，找了個南方小城定居下來。這個消息對於江蓁來說很意外，聽他話裡的意思，是連溪塵的身分都要捨去，真的隱匿於世不再歸來。

李潛過完元旦就走，離開前沒什麼人要道別，想來想去跟江蓁說了一聲。兩人偶爾會傳訊息聊聊天，攝影占多，生活占少，過去隻字不提。

酒館裡依舊熱鬧，人間心事的匯聚地，逢年過節更是生意興隆。

江蓁和李潛坐在老位子，一人點了杯酒。

菜上桌後，李潛從包裡摸出一個隨身碟遞給江蓁。

江蓁問他：「這什麼？」

李潛說：「隨便拍的一點東西，就當是送妳的臨別禮物。」

江蓁受寵若驚道：「天，那太貴重了，你早說準備了禮物啊，我空手來的。」

李潛輕笑一聲：「別，我又不缺什麼。」

江蓁把隨身碟小心收進包裡：「多少是個心意。」

李潛舉了舉杯子：「已經送了，這杯酒就是禮物。」

江蓁也舉杯，玻璃碰撞發出清脆的響聲：「好，那我就祝你新年快樂，忘憂忘愁。」

平時隔著螢幕隨便一句話就能起頭，現在面對面坐著，卻有些不知道該聊什麼。聊過去會傷感，聊未來太遙遠，聊現在也無趣。

寒暄結束後他們只是坐著，酒喝了半杯，店裡的電視機上播著某一部電影。覺得以後不大會再有交集，江蓁斟酌再三，問出了早就想問的問題：「你後來為什麼取名叫溪塵啊？」

李潛垂眸看向她，大概是最近沒往外面跑，皮膚養回來了，他臉上多了些從前衿貴藝術家的影子：「『願為溪水，洗淨塵埃』用來提醒我自己的。」

江蓁似懂非懂地點點頭，藝術家多半也是哲學家，和自己這等俗人不是同個境界。

螢幕上，男女主人公在西藏相遇，荒漠壯闊，天與地遙遙相接，無人區裡的愛情故事像風吹草長，野火漫天。

看著他們浪漫邂逅，江蓁眼中流露出豔羨，卻兀地聽到李潛說：「可哥西里的浪漫其實全是騙局。」

江蓁抓了把桌上的花生：「深入說說？」

李潛放下杯子，為她詳細說明：「缺水、沒吃的還算好，一天裡見到的全是荒地才讓人崩潰，還有那天，就是單調的藍，都不如從申城頭頂上看的漂亮，都是被文青捧出來的。」

李潛一吐槽就停不下來，江蓁就當聽一聽，對可哥西裡的濾鏡碎一地。

她好奇發問：「那為什麼還有這麼多人想去呢？」

李潛說：「誰知道呢？」

他頓了頓，又說：「但讓我再去一次，我還是願意的。」

江蓁不解：「為什麼？還甘願上當啊？」

頂上一盞球形吊燈，李潛的一半身子在光裡，一半又在陰影下，他身上總是帶了種神祕感：「剛去那兩天，我實在是崩潰，發了瘋地想回來，後悔啊，腦子壞了才跑這地方來。到了第三天晚上，導遊喊我出去看星星。」

江蓁：「震撼到你了？」

李潛點了點頭，移開視線看向別處，像是陷入了回憶中：「太漂亮了，語言形容不出來，我第一次見到什麼叫『浩瀚銀河』，那星星又閃又乾淨，整片天空都是，用相機拍不出這種美，只能記錄在眼睛裡。我看了一整晚，什麼事都忘記了，就單純看星星。」

「為這一片星空，這一趟值了。我一直這麼認為，有些東西沒必要十全十美，中間有一瞬間讓你覺得幸福就夠了，已經很難得了。」

他說話總是有自己的思想，閱歷豐富的成熟男性，見的多想的也多，但不會炫耀教育，就是單純的分享，江蓁很願意和這樣的人聊天，能感受到很多東西。

就如此刻，她感受到李潛的釋然和灑脫，那些讓他遺憾的還是遺憾，但他好像不再執著於討一個答案了。

江蓁和李潛碰了個杯，說：「有生之年我也想去看看那片星空。」

李潛回敬，是提醒但更像祝福：「記得和心愛的人一起。」

話音剛落，「心愛的人」就來了。

季恆秋端著一盤小食出來，給他們當下酒菜。

江蓁挽著季恆秋的手臂和李潛介紹：「這我男朋友，季恆秋。」

李潛伸出手：「李潛，以前是搞攝影的，現在一個無業遊民。」

季恆秋回握住：「久仰大名。」

李潛不動聲色地打量完季恆秋，朝江蓁使了個眼色：「妳這小女生眼光不錯哦。」

江蓁得意地抬了抬下巴，又警覺地抱住季恆秋：「我的，你別肖想！」

李潛不屑地切了一聲：「我不，一看就是鋼鐵直男。」

江蓁覺得有意思：「怎麼，還真有鑑Gay之道啊，是不是彎的一眼就能看出來？」

「那是。」李潛的目光在店裡掃了一圈，像是巡視的雷達，最後停留在前檯的男人，說：「那個一看就像。」

江蓁順著他的視線看去，周明磊？她擺擺手：「不可能不可能。這是我們店裡的財務，平時只看見他對錢和他弟弟上心。」

李潛又指向另一邊的吧檯：「我看那個也像。」

陳卓？江蓁擺手的幅度更大：「那更不可能了，就一個小孩，為了追人家女孩子還刺青呢，不是。」

李潛笑了笑，不多辯解，這事要靠感覺，他覺得他的感覺很準，但也無法和人站在科學客觀的角度證明。

無所謂了，誰又說的準呢。

季恆秋還要回後廚幫忙，走之前叮囑江蓁少喝點酒。

李潛吃著盤子裡的炸雞塊，問江蓁：「上次我喝醉是不是說了一堆胡話？」

「是，前言不搭後語的。」

「就是想找個人說話，其實也沒那麼醉。」

江蓁理解地點點頭：「明白，反正我也沒認真聽。」

李潛舒心地笑了，還真的有點捨不得這個能一起喝酒聊天的善良朋友：「那就好，不用記住，都廢話。」

酒喝到深夜，月亮被高樓擋住，這麼抬頭看天像一塊漆黑的幕布，不知道相隔萬里的可哥西裡此時是怎樣的景象。

送別李潛，江蓁在門外呼吸幾口新鮮空氣，冷風一吹她打了個寒顫，搓搓手臂回到屋裡。

一句「有緣再見」，李潛明天起就不再屬於這個城市，他似乎從沒屬於過哪裡，對一座城市的眷戀往往來自於人，否則來去自由，在哪都一樣。

人是註定漂泊的，只會為愛停留。

半年前的江蓁也是，確切地說，是遇到季恆秋以前的江蓁。

她從沒有覺得申城於她有何特別，但現在不一樣了，這是她戀人的所在地，這裡有一家叫 **At Will** 的酒館，這裡有屬於她，又擁有她的人。

之前猶疑要不要在申城定居，現在她確定了。

她想要停留，和季恆秋在這條巷子這家酒館度過歲歲年年，看春天的山櫻，喝夏天的梅子酒，吃秋天的柿餅，踏冬天的銀杏葉，讓每個季節都有回憶。

當然，她永遠最喜歡秋天。

回到家江蓁把隨身碟插在電腦上，一共三個資料夾，取名風格很直接，第一個叫景，拍的是山水風光；第二個叫城，是各座城市街道的掠影；第三個叫人，裡頭是在酒館裡拍的江蓁。

加起來大概快有幾百張照片，江蓁大致瀏覽了一遍，把自己那幾張傳到手機相簿。

李潛說自己不會拍了，那是自嘲，他的專業能力在那，拍出來的東西不會差。丟失的靈氣，作為溪塵的這段時間也慢慢養回來了。

這些照片是李潛最後對自己的總結，他把它送給在申城遇到的朋友江蓁，是分享也是紀念。

江蓁深呼吸一口氣，合上電腦，側身滾到季恆秋懷裡。

季恆秋一隻手臂摟住她，另一隻手塞了瓣柳丁到她嘴裡。

想想要不是李潛，季恆秋當時也不會吃醋耍小脾氣，不要他們還不知道什麼時候才能交往。

江蓁咬著柳丁咯咯笑，說起來李潛可是大媒人。

季恆秋捏捏她後頸：「笑什麼呢，這麼開心？」

江蓁但笑不語。

聽到走道裡響起腳步聲，應該是樓下的考生回來了，這兩天他每天都讀到挺晚。

季恆秋起身打包好一碗赤豆小丸子，讓江蓁送去給他當宵夜。

江蓁拎著飯盒，出門之前又轉身問季恆秋：「我當租客的時候你怎麼沒送宵夜給我吃？」

死亡問題，季恆秋梗著脖子迴避視線，結巴地說：「我、我，妳又不考研究所。」

還理直氣壯起來了，江蓁瞪著眼睛繼續逼問：「我上班不辛苦嗎？」

「辛苦辛苦。」季恆秋推著江蓁肩膀，「所以我直接帶妳回家吃飯了。」

江蓁這次滿意了，下樓送溫暖給鄰居。

跨年那天街上人聲鼎沸，辭舊迎新之際，大概是二〇二〇的不順心太多，今年大家格外期盼新的一年到來。

酒館裡的客流量是平時的兩三倍，大堂座無虛席，季恆秋和秦柏在後廚忙了一晚，陳卓數不清調了多少杯酒，手都晃痠了。

江蓁留在店裡幫忙，客人們聽服務生喊她「嫂子」，都知道這是老闆娘。

起先江蓁被這麼喊還覺得不習慣，漸漸忙起來就顧不上彆扭，別人一句「老闆娘」，她清脆地應一聲「欸」。

零點前一分鐘有人開始倒數，最後十秒的時候所有人齊聲吶喊。

「十！九！八！……」

大家放下手裡的事等著新年的鐘聲敲響，在越來越逼近的數字裡收緊呼吸心跳加速。

江蓁轉身找到季恆秋，穿過大堂繞到他身邊。

「三、二、一！」

最後一聲落下，季恆秋捧著江蓁的臉俯下身，江蓁笑著迎上去，唇瓣相貼在一起，帶著彼此的體溫。

歡呼聲沸騰翻了天，在巨大的喧嚷裡，季恆秋貼在江蓁耳邊說：「新年快樂。」

江蓁親在他下巴上，笑意盈盈地回：「新年快樂。」

季恆秋捏了捏她的手背，帶她走進後廚，到連接後院的門前停下。

江蓁問他：「怎麼啦？」

季恆秋掀唇笑了一下，示意她推開那扇門：「去看看妳的新年禮物。」

江蓁愣住，抬頭看著季恆秋，有些緊張地問：「什麼禮物啊？」

季恆秋帶著她往前走：「去看看就知道了。」

後院的修葺是季恆秋自己一手操辦的，誰都不能進來，江蓁好幾次被他擋在門外，當時她還說他是埋屍還是挖寶，搞得這麼神祕。

手搭在門把上，江蓁咽了咽口水，心臟怦怦直跳。

短短的幾秒內她腦內閃過很多東西，甚至想到了萬一門後是鮮花氣球和 Marry me，她該不該說我願意。

隨著門被推開，後院的光景一點一點出現在眼前。

江蓁先是看到了圍滿藤蘿的柵欄，木製的桌椅和遮陽傘，還有一大束的洛神玫瑰。

「上次妳說要個專屬座位，大堂裡的不算，我為妳準備了只屬於妳的。」

後院的夜很安靜，季恆秋的聲音低沉，他認真說話的語氣總是勾人耳朵，說不出的性感。

在木桌旁有一架鞦韆，窗臺下是一排花架，屋簷上掛著風鈴，風一吹叮鈴噹啷地響。

滿目燈火萬千，明亮如畫，都市繁華奢靡，季恆秋卻為她搭了座小花園。

這是他想送給江蓁的、獨屬於她的世界。

這裡有他不曾給別人看過的溫柔和愛意。

宇宙浩瀚，人類在有限的時間裡追尋無限的浪漫。

季恆秋沒有說那架鞦韆他反反覆覆折騰了三次才做出個像樣的，沒有說釘子釘到手指痛到連心臟都發麻，沒有說為了這塊小天地他付出了多少時間和心血。

他只是告訴江蓁：「我真的很愛妳。」

江蓁捂著嘴，什麼話都說不出來，被驚喜砸得後腦子都是空白的，她上揚著嘴角眼眶裡又是濕潤的。

她緊緊攥著季恆秋的手，緩了好久後聲音微喘地對他說：「你可別再掏個戒指出來，我承受不住了我會昏過去。」

季恆秋被她跳脫的思考弄得一頭霧水，破壞氣氛大王：「那不好意思，真沒有。」

江蓁轉過身伸手要抱，季恆秋圈住她的腰。

她現在的聲音軟乎乎的，摟著他的脖子說：「怎麼辦，我沒準備禮物給你。」

季恆秋笑出了聲，她的關注點怎麼越來越歪了。

「怎麼辦。」他學著江蓁的語氣，把桌上的玫瑰捧在懷裡，另一隻手牽住她，「只能拿別的來抵了。」

看要走，江蓁扯扯他手臂：「店裡不管啦？」

季恆秋瀟灑道：「不管了，反正我是老闆。」

江蓁的心裡罪惡了三秒，回頭看了一眼，然後拉著季恆秋加快腳下的步伐：「那就不管了！」

大好的元旦，因為前一晚的荒唐，季恆秋和江蓁到了中午才起床。

懶得自己做飯了，他們洗漱收拾完之後去程澤凱家蹭飯。

門鈴被按響，程澤凱開門看到是他們，一臉驚訝：「你們怎麼來了？」

季恆秋拎了拎手裡的水果，路上剛買的，毫不扭捏地說：「來吃飯。」

程夏聽到聲音，揚聲喊道：「叔叔、嬸嬸！」

「欸！」江蓁去洗了把手，在餐桌邊坐下。

程澤凱進廚房幫他們盛飯：「早說要來我就多做兩個菜了。」

季恆秋說：「夠了，這不是挺豐盛的？」

一葷一素一湯，父子倆吃當然夠，程澤凱還是回廚房又炒了個蛋。

「你們今天不出去約個會啊？」

江蓁搖搖頭：「外頭人太多了，不去湊熱鬧了。」

程夏嚼著排骨，拉拉季恆秋的手：「叔，我想吃糖葫蘆。」

季恆秋點頭說：「行，等等做。」

程澤凱用筷子頭敲在程夏腦袋上：「不是前兩天剛吃過嗎小朋友？」

程夏伸出一隻手更正道：「五天了，不是兩天。」

程澤凱被噎得沒話反駁，新年第一天也不掃興了：「好，吃吧。你哼啾叔一年做給你的糖葫蘆都能堆成山了。」

程夏甜滋滋地笑，季恆秋揉了揉他頭。

江蓁看著他們三個，眼裡沾上笑意：「什麼糖葫蘆，我也要吃。」

程夏瞇著眼睛一臉享受地說：「哼啾叔做的超——好吃！」

江蓁被他古靈精怪的一面逗笑：「超——好吃！」

今天晚上有好幾桌客人預訂了位子，吃過飯休息一下程澤凱和季恆秋要回店裡準備晚飯。

江蓁留在家裡帶小孩，程夏挺讓人省心，她陪著看了一下卡通。

下午出了太陽，身上一暖和江蓁就忍不住打哈欠，眼皮越來越沉。

程夏比她還先睡著，江蓁低頭看了小孩乖巧的睡顏一眼，替他拿了條毯子蓋著。

快五點的時候季恆秋打電話來喊他們吃晚飯，江蓁睡的迷迷糊糊，程夏也被鬧醒了。

季恆秋說：『過來吃飯了。』

江蓁懶洋洋地「嗯」了一聲。

季恆秋在電話那頭輕笑：『起來吧寶，程夏都沒妳這麼賴。』

江蓁揉揉眼睛，目光渙散地發了一下呆，去洗手間洗了把臉才算是澈底清醒過來。

她牽著程夏到酒館門口時恰好遇上陳卓和周明磊。

今天兄弟倆的氣氛有些微妙，一個在前一個在後，中間隔了很長的一段距離，都陰沉著臉，心情不悅的樣子。

江蓁左右看看，問：「怎麼了？吵架啦？」

周明磊不說話，率先進了屋裡。

陳卓對他背影翻了個白眼，和江蓁抱怨道：「他腦子有病！」

江蓁眨了眨眼睛，默默捂上程夏的耳朵。

陳卓一邊嘀咕著一邊跟著進去，心裡怨氣挺大。

兄弟倆鬧翻的事很快其他人也察覺到了，「老父親」程澤凱來調解矛盾，幫陳卓做思想教育，「別惹你哥生氣了，乖乖去道個歉。」

陳卓委屈著呢：「我沒惹他生氣，他自己有病！」

他一急嗓門就大，周明磊肯定也聽見了，眉頭擰著，臉色更不好看。

「我都他媽二十三了，還要被他管東管西！我追誰跟誰談戀愛是我自己的事，我往身上刺什麼也是我自己的權力，我用不著他管，還真他媽把自己當我哥了。」

陳卓嘴比腦子快，在氣頭上該說的不該說的統統罵了出來。

最後一句就是往周明磊的心上扎刀，情緒堆積一瞬爆發，手裡的筆被他狠狠甩在桌子上，裴瀟瀟嚇得往後一縮。

從來文質彬彬的人第一次動怒，周明磊咬著後槽牙，眉宇之間盡是戾氣：「對，我不是你哥，我也從來不想當你哥。」

陳卓回嘴：「那你管我這麼多幹嘛？」

周明磊邁著大步走到吧檯邊，桌上是杯剛調好的酒，他端起杯子灌了一大口。

酒夜滑過喉嚨，一路引起燒灼感，周明磊的胸膛劇烈起伏，快聽不見自己的說話聲，耳邊只有如鼓在鳴的心跳：「你說呢？陳卓，你是白癡嗎？」

某根神經撥了撥，江蓁腦海裡閃過那天李潛對她說的話。

她訝異地抬起頭，發現程澤凱的神色同樣凝重，他也意識到了。

其實昭然若揭，有些感情早就逾了矩。

可惜有人一腔深情埋得深，有人大大咧咧毫無所覺。

江蓁一時之間心情複雜，摸著嘴唇說：「別吧。」

程澤凱嘆了一聲氣：「不管了，管不了了。」

確實管不了，別人能一眼察覺出不對勁來，但按照陳卓的雙商大概一輩子也不會明白。

周明磊情急之下露出的馬腳，他只聽到了兩個字，叉著腰不服氣地吼回去：「你才白癡呢！哦我知道了，周明磊你他媽就是見不得我好！你找不到女朋友就來妨礙我！李宛星哪裡不好了，我憑什麼不能追她？」

周明磊快被氣死了，呼吸粗重，眼神狠狠盯著他，手攥成拳又驀地鬆開，他往後退了一步，像是認清了現實，卸了滿身的力塌下肩和腰：「隨你吧，愛怎麼樣就怎麼樣，以後我不管你了。」

說完轉身走了，背影落寞地回了前檯，裴瀟瀟小心翼翼地打量他，不敢多說話。

陳卓哼了一聲，撇過頭去：「那最好！」

周明磊說不管了還真的不管了，這兩天兄弟倆照常上班，但誰都不和誰說話。

吃飯時陳卓拚命吃肉也沒人提醒他吃兩口蔬菜，和拽哥打球打到深夜也沒人再催他回家，日子過得很逍遙，像是早就求之不得。

季恆秋告訴江蓁，陳卓就是要有人看著，要有人站在他旁邊指著路，不然一不留神就走歪了。不是周明磊離不開陳卓，是陳卓離不開他哥。

周明磊這次也不是管多了，陳卓追的那女孩在籃球館工作，年輕漂亮，他算是一見鍾情。為了追人陳卓砸了不少錢，女生禮物都收了，但一直吊著他不答應，就陳卓傻傻的以為人家是矜持害羞，樂顛顛地做舔狗。

他之前不敢讓周明磊知道也是因為這個，最近他帳戶上有幾筆不正常支出，周明磊發現端倪一查就知道。

本來陳卓還是好言好語想和他哥解釋，被周明磊語氣尖銳地諷刺了兩句，陳卓也忍不了了，他不認為自己犯了錯，誰追女生不花錢？而且他用的是自己的錢，怎麼處理是他的事。

兄弟倆難得吵一回架，脾氣都挺硬，誰也沒要求和的意思。

大家面上沒表露出來，其實都更偏袒周明磊一點，他不抱怨不解釋，一句話也不多說，但這樣看得人更心疼。

周明磊管陳卓管了近十年，從最討人厭的叛逆期到成年，教他為人處世，替他權衡考量，盡了一個兄長的責任，又花了遠超於此的心思。

陳卓沒有人支持的夢想，開朗外表下柔軟的內心，周明磊小心庇護了這麼久，現在卻被他質問「你是不是見不得我好」。

一顆心送出去，卻被攪碎了扔回來，這太傷人了。

小直男沒心沒肺，其他人也幫不了什麼，該說的都說了，勸陳卓懂事，勸周明磊消氣，這段關係最好是兄弟，最差也是兄弟，只能如此。

躺在床上江蓁望著天花板，嘆了一聲氣，每次想起周明磊她就要唉聲嘆氣一陣子。

季恆秋騰出一隻手捏捏她的臉：「別想了。」

江蓁翻了個身抱住他手臂，臉貼上去，季恆秋在看一個美食教學，白天江蓁說想吃肥腸雞。

「我就是感嘆相愛好難哦，遇到喜歡的人卻沒辦法在一起。」

季恆秋寬慰她：「也許是不適合，對的人還在後頭。」

江蓁鼓了鼓腮幫子，問他：「那如果我們相遇的時候，我不是單身呢？」

季恆秋視線向上抬，想了一下說：「緩步接近，伺機以待。」

江蓁又換了種假設：「那如果我是個男的呢？」

季恆秋：「當場出櫃，熱烈追求。」

「萬一我是你仇人的女兒？」

「攜手私奔，浪跡天涯。」

「兜兜轉轉發現我們是同父異母的兄妹！」

季恆秋皺起眉，人物設定怎麼越來越狗血，他收起手機關了落地燈，拍拍江蓁的腦袋，拉上被子準備睡覺：「夢裡見吧，江大導演。」

三天的元旦假期一晃而過，週一上班江蓁卻沒賴床，一醒來就起了。

季恆秋覺得稀奇，吃早飯時看她心事重重，問道：「公司裁員啊，怎麼緊張兮兮的？」

江蓁咬了口雞蛋，捧著手機不斷更新頁面：「別說了，我升學考查分都沒這麼緊張。」

今天上午臻麗時尚公布年度彩妝品牌 TOP10，整個下半年茜雀都在為上榜單奮鬥，成敗就看現在了。

「要是能上榜單，我就能升職加薪，我要賺錢養家，不然怎麼養你啊？」

季恆秋輕聲笑，幫她把剩餘的蛋殼剝了：「那我祝妳光榮上榜。」

江蓁嘴裡念著阿彌陀佛，她早對比過和競爭對手的資料，茜雀有優勢但不大，萬一評審更偏愛煥言呢。

季恆秋看她吃飯心不在焉，從她手裡拿過手機：「先吃飯，結果已經在那了，緊張也沒用。」

江蓁抬頭看了他兩秒，突然噗嗤一聲笑出來：「我升學考查分的時候，你這話我爸也說過，一模一樣。」

季恆秋挑了下眉：「我剛準備說下一句。」

江蓁瞇了瞇眼睛：「什麼？不會是『不管結果是什麼，妳都是我的驕傲』吧？」

季恆秋翹起嘴角扯出一個假笑：「是『妳要遲到了』。」

江蓁緩緩抬起手錶，分針已經滑過半張圓：「……啊啊啊啊啊都八點四十了！」

「別著急。」季恆秋不慌不忙吃完最後一口餛飩，「老公送妳，保證準時。」

江蓁踩著高跟鞋一路狂奔，打卡的時候正好離九點整差一分鐘。

一進部門她就問：「怎麼樣怎麼樣？結果出來了沒？」

于冰搖搖頭：「臻麗那邊說是十點，應該快了。」

早班會上陶婷簡單說了兩句，江蓁精神緊繃著，第一次沒開小差專注地聽完了全程。

她每隔一分鐘就要低頭看手機一眼，到了九點五十五分，有人喊了一句「出來了！」

大家立刻一窩蜂地圍了過去。

「怎麼樣啊！」

「有沒有我們啊！」

「快快快我急死了！」

江蓁一顆心吊到嗓子眼，想知道又怕知道，一秒鐘變得格外漫長。

「第八XXX，第九XX，第十……Citrus茜雀，是我們！茜雀！」

「Yes！」辦公室裡頓時沸騰，呼聲一片，劉軒睿提著嗓子把小編評語朗讀出來，聲情並茂眉飛色舞的，引得哄堂大笑。

「茜雀作為新秀品牌，在秉承品牌理念的同時不斷創新發展，高品質、精包裝、好口碑，這是一支不容小覷的力量。二〇二〇年，首位本國代言人樂翡的加入為其完善了品牌形象……」

幾秒的意識空白後，江蓁的心猛地落到地上，她手撐在桌沿長長呼出一口氣，高興是其次，就是覺得這段時間的種種壓力和付出都得到了回報，太不容易了。

陶婷從辦公室裡出來，臉上掛著淺笑，她拍拍手，揚聲說：「我們部門這次立了大功，年終獎金肯定豐厚，這個週末我請大家吃飯！」

又是一陣歡呼，宋青青走到江蓁身邊，笑著說：「應該馬上就會下通知，提前恭喜啊，江主管。」

江蓁臉一臊，用手肘推了她一下：「妳怎麼知道是我，萬一是妳呢？」

宋青青推回去：「當然是妳了，我除非靠我舅。」

江蓁笑起來：「不好意思，要當妳上級了喲。」

宋青青謔喲了一聲：「那妳放心，沒這個機會。」

江蓁不明白這話，問：「什麼意思啊？」

宋青青往左右張望了一下，掩著嘴湊過去小聲說：「我先偷偷告訴妳，過完年我就要離職了。本來到茜雀就是鍛煉兩年，我有自己的理想要實現。」

剛剛的好心情被這幾句話沖散，好不容易成為朋友，突然告訴她要走，江蓁放平了嘴角，問她：「什麼理想，妳要去哪啊？」

宋青青回答說：「我想創辦自己的珠寶首飾品牌，大學時就和我的一個設計師朋友決定好了，我們要合夥創業。」

江蓁不知道她還有這樣的計畫，有些驚訝，更多的是讚賞，沒想到她溫柔甜美的外表下還藏著一顆這樣的事業心：「籌備的怎麼樣了？」

「剛起步，要準備的還挺多，但下半年應該就能開業了吧。」宋青青用肩膀碰了她一下，「蓁姐，要不要來跟我幹，我正好缺企劃呢。」

江蓁不置可否，只說：「要是我和妳都跑了，婷姐會不會抓狂啊？」

「讓她抓去唄，我們把婷姐一起挖來更好！」

「那徐總要抓狂了！」

兩個人哈哈笑起來，剛剛江蓁還覺得難過，捨不得她，現在又釋然了。

新的一年剛開始，大家都在朝著更好的方向走，不做同事了，能更坦蕩地做朋友，也挺好的。

想起還沒告訴季恆秋好消息，江蓁拿出手機傳訊息。

江蓁：『小福星小福星小福星！』

江蓁：『我要升職啦我要升職啦我要升職啦！』

季恆秋回了一個豎大拇指比讚的貼圖。

季恆秋：『真棒！』

江蓁：『你在幹嘛呢？』

季恆秋傳了張照片來，背景是菜市場，他手裡拎著一隻拔了毛的雞。

季恆秋：『為妳準備慶功宴，晚上回來喝雞湯。』

江蓁回了兩個嘟嘴親親的貼圖，看她家阿秋多賢慧。

晴了兩天申城又開始下雨，寒風席捲城市，雨勢不大卻足夠讓尖峰時刻加倍擁堵。

江蓁下樓的時候季恆秋已經等在外面，撐著黑色的傘，笑著把她擁進懷裡。

路上和季恆秋提起宋青青創業的事，江蓁頓了幾秒後開口說：「其實她問我要不要跟著幹的時候，我還挺心動的。」

季恆秋問：「不喜歡現在的工作嗎？」

江蓁搖搖頭：「也不是不喜歡吧，兩個工作不一樣，我喜歡挑戰，在茜雀我腳跟已經站穩了，今後的路也已經清晰了。如果跟著宋青青創業，難度大，不知道會遇到什麼問題，但是有意思呀，看著一個品牌從無到有慢慢成長，這種成就感想想就幸福。」

季恆秋捏捏她手背：「想去就去。」

要是換了以前江蓁可能腦袋一熱就去了，但現在不一樣，她要為兩個人考慮：「不行，風險太大了，我要養家呀。以後結婚生了孩子，錢花起來就是流水。」

季恆秋沒想到她已經想得那麼久遠，手握成拳抵在嘴邊，忍不住悶聲笑起來。

正好一個紅綠燈，季恆秋停下車，摸出手機點開某銀行APP，輸入密碼點進帳戶餘額，把手機遞給江蓁看：「這是我的存款，除此之外還有一輛車兩間房一家酒館，房子一間是留給程夏的，另一間就是我們現在住的，酒館的年收入我不清楚，回頭讓周明磊算一下，應該還行。」

江蓁接過手機，那一串數字有些小，她瞇起眼睛，掰著手指頭數個十百千萬，數到最後一位猛地瞪大雙眼，怕自己看花了又重新來一遍。

季恆秋點點她額頭：「別數了，知道妳老公還算有錢就行。」

江蓁機械地抬起頭，已經失去語言能力。

「就是想告訴妳，」紅燈還有五秒，季恆秋俯身親了她一口，「不用有顧慮，想做什麼就去做，不想做了回來當老闆娘也行，老公養妳。」

第二十一杯調酒

江蓁眨眨眼睛，還是有些難以置信。

不是她小瞧季恆秋，一來瞭解了他的家庭狀況，這麼多年孤身一人沒有父母依靠，她下意識認定他的積蓄不會多；二來知道餐飲行業前兩年都不會盈利，酒館才開了三年，去年還遇上疫情，到五月初才得以重新開業，不賠本就已經不錯了。

「你、你怎麼賺這麼多錢？」

紅綠燈跳轉，季恆秋踩下油門重新啟動，耐心回答她的問題：「酒館是主要收入，開了一年回本之後，生意現在也穩定下來了。我媽以前會時不時給我一筆錢，我沒動，全存銀行裡。其實賺的也不多，我這個人沒地方花錢，就存下來了。」

江蓁聽得頻頻點頭，心裡感嘆這就是金牛座的理財之道啊，存款額是她三倍。

想想她之前還大言不慚地說養家大任由她來擔，嘖，江蓁羞恥地閉上眼，怪不得當時季恆秋的表情微妙，她以為是他害羞了，原來人家在憋笑，笑她天真還不自量力。

開了五百公尺前面又塞車了，季恆秋停下車，雨刷一噠一噠，車前玻璃模糊又清晰。

眼前突然多了個手機，季恆秋垂眸，問江蓁：「怎麼了？」

江蓁頭扭在另一邊，把手機往他面前遞了遞，因為覺得不好意思語速飛快地說：「禮尚往來，給你看我的存款。不許笑，我這人不愛存錢。」

季恆秋瞟了一眼，無聲地笑，把手機推回去：「下一步是不是要交換體檢報告？」

江蓁傻乎乎地當了真，擺擺手說：「那倒不用。」

她一本正經的語氣太有趣，季恆秋笑的幅度更大，抬手揉了揉她腦袋。驚訝散去，江蓁後知後覺回想季恆秋剛剛說的話，「老公養妳」，嘿嘿，她掩著嘴偷笑，女人就這麼點小心思。

路上江蓁無聊，順手點進幾個平時靜音的聊天群組。

HTG平臺的志工群組裡，張卉傳了幾張領養者的回饋照片，江蓁一張張滑過去，貓貓狗狗們現在乾淨健康，主要是精氣神不一樣了，看來新主人把牠們照顧的很好。

退出聊天群組，江蓁驀地想起了上次的養老院，後來詢問程澤凱也無果，但她找不到理由問季恆秋。

話在嘴邊繞了兩圈，江蓁選了個不那麼明顯的問法：「你還有什麼親戚在申城嗎？」

季恆秋明顯愣了一下，搖搖頭說：「沒。」

——有也在季雷入獄後斷絕往來了。

江蓁點點頭，反正是不重要的事情了，季恆秋似乎好久沒再去探望過，她不再好奇。

塞車近半個小時，肚子餓得咕咕叫，江蓁從包裡摸出一塊巧克力掰開，自己吃了一塊，餵給季恆秋一塊。

「餓了？」季恆秋咬著巧克力問她。

「嗯啊。」

季恆秋指了指副駕駛座前的櫃子：「裡面放了零食，先吃點。」

江蓁驚喜地挑起眉毛，身子前傾打開櫃子，裡頭裝著一個大塑膠袋，她翻了翻，牛奶、洋芋片、牛肉乾、話梅、雞爪、山楂條，樣樣都有。

越翻越覺得眼熟，江蓁皺起眉：「這不都是我買的嗎？」

季恆秋「啊」了一聲：「我從茶几上拿的。」

「你偷吃我零食！」

季恆秋被她這反手一喝喝得措手不及：「我……我是備著怕妳路上餓。」

江蓁拿了一包雞爪拆開：「沒偷吃？」

季恆秋沉默了兩秒，老實交代：「吃了一包小核桃，那天在車上無聊。」

江蓁嘿嘿笑，舉著雞爪遞過去：「來一口？」

季恆秋故作嫌棄：「不吃，全是妳的口水。」

江蓁喊了一聲：「也沒見你少吃。」

說完又補了一句：「我說口水。」

手機螢幕亮了亮，江蓁低頭瞟了一眼，是她媽傳來的訊息，她左手拎著紙巾右手拿著雞爪，用手肘捅捅季恆秋：「幫我解鎖看看我媽說了什麼。」

季恆秋拿起手機，向上滑動後顯示輸入密碼：「密碼。」

江蓁嘴裡還有雞爪，口齒含糊地說：「九九三九七六，和房門密碼一樣。」

季恆秋眉心跳了跳，輸入六位數字解鎖螢幕，裝作隨口一問道：「有什麼寓意嗎？」

江蓁故作神祕地笑起來：「你猜。」

季恆秋早把這串數字反覆咀嚼過，和年月日無關，又不知道是什麼編號，他搖搖頭：「猜不出來，妳快說。」

江蓁啃完雞爪，抽了張紙巾擦手，一邊回覆她媽的訊息一邊回答說：「我吧，太複雜的數字記不住，那種純粹的紀念日風險又太高，所以我發明了獨屬於我自己的小密碼。」

季恆秋瞇起眼睛，有種不好的預感：「什麼密碼？」

江蓁換了個坐姿興致勃勃地開始講解：「在原本的數字基礎上第一位加一，第二位加二，以此類推得到一個新密碼，這樣又好記別人又猜不到。我聰明吧？我的所有密碼都是按照這個方式，一般人肯定猜不到，我打算命名為『蓁美麗密碼』，怎麼樣？」

季恆秋沒注意她後面說了什麼，默默開始心算，九九三九七六，第一位減一，第二位減二……

八七〇五二〇，就是他的生日。

「嘶——」季恆秋猛地倒吸一口氣，手掌按在額頭上覺得偏頭痛。

他因為這種小兒科把戲心煩了一整個晚上，弱智地把這串數字在各搜尋引擎搜索了遍？

江蓁還在繼續追問，眨著眼睛對他拋媚眼：「我聰明吧？快說我聰不聰明。」

「聰明。」季恆秋微笑著肯定，在心裡咬著牙補完後半句——自作聰明的聰明。

他打死都不可能告訴江蓁當時因為這串密碼他又惱又酸了多久，太丟人了，說出來肯定要被她笑一輩子。

季恆秋氣憤地從儲物盒找出一包小核桃塞江蓁手裡。

江蓁推拒道：「再吃等等晚飯就吃不下了。」

季恆秋拎起嘴角笑了下：「多吃點，補腦。」

等回到酒館夜色黑濃，塞了一個小時，倒也沒覺得不耐煩，大概是因為身邊有戀人陪著，怎麼樣都不會無聊。

在暖橙調燈光下，江蓁喝著男友煲的愛心雞湯，驅了身上的寒意，一路暖到心窩。

「工作上的事想好了嗎？」季恆秋問江蓁，剛剛在路上這個話題被打斷了。

江蓁「嗯」了一聲：「雖然心動，但目前還不打算辭職，我和宋青青都是組長，一起走了不像話，而且在茜雀還有值得我發揮的地方，三年內應該不會變動，我還是更喜歡現在的工作。」

季恆秋點點頭，江蓁向來有主見，很少見她有猶豫糾結的時刻，他把雞腿上的肉剔到她碗裡：「妳自己心裡清楚就好。」

一月份公司沒有要緊事，江蓁順利晉升主管，陶婷也升遷做了總經理。趁著年前再做一波品牌宣傳，大家就等著過年放假了。

因為升職加薪，江蓁獎勵自己一輛代步車，車型和配置是季恆秋幫忙挑的，很適合她，顏色是低調又張揚的深酒紅。

平時上下班江蓁自己開車，遇到陰雨天還是讓季恆秋接送。

轉眼到了一月下旬，這天季恆秋起早去菜市場進貨了，江蓁自己出門吃早飯。從公寓裡出來，走到巷子口卻見第二個路燈下擺著一堆花，好幾束，有雛菊有百合，像是在祭奠逝者，環衛工人拿著掃把路過時也刻意避開那個位置。

江蓁忍不住多看了兩眼，才邁步繼續往前走。

劉嬸照常留了兩個豆沙包給她，她在塑膠椅上坐下，對面是個小男孩和送他上學的奶奶。

「嬸嬸。」江蓁禁不住好奇，看著門口問道：「那路燈下的花是怎麼回事啊？給誰的啊？」

劉嬸還未張口，就聽到桌對面的男孩奶奶說：「是給一個可憐孩子的。欸，小莫桉是真的好，妳看，過去二十年了還是有人惦著他，每年這個時候路燈下都是一堆花，一直有人在想他。」

劉嬸也嘆了一聲氣，眼裡流露出惋惜：「是啊，多好一孩子，還是過年前走的，開了年就是升學考吧，他的成績肯定能去個好學校。」

店裡都是附近的居民，大多有所耳聞，大家你一言我一語聊了起來，江蓁聽著他們說話漸漸瞭解了大概。

路燈下的花是給一個叫莫桉的男孩，清秀乖巧很討人喜歡，因為意外死於二十年前的冬天。

起初是一個暗戀他的女孩在他逝世的地方放了一束白玫瑰，後來漸漸就多了起來，有家人有同學，也有知道這件事而感到惋惜的陌生人，直到現在每年這個時候路燈下還是會擺著成堆的花，他始終被人記得、懷念、哀悼。

再路過巷子口時，江蓁望著路邊的花沉沉地嘆了一聲氣。大概是年齡大了，她現在變得格外感性，看到這樣的意難平總要難過很久。

還是這麼好的一個男孩。

那個喜歡他的女孩子該有多麼難過啊。

江蓁收回目光，不再想下去。

月光沉睡，一同熄滅的卻是無數盞燈火。

世間千萬種遺憾，死別永遠最沉痛。

因為早晨這個插曲，江蓁一天都鬱鬱寡歡。

好不容易忘記了，下了班回到巷子口看到第二個路燈又開始心情沉重。

吃完晚飯，季恆秋牽著土豆問她要不要一起去散步，江蓁應好，挽上他的手臂走出酒館，繞著周邊走了一圈。

路過一家便利商店，江蓁問季恆秋：「附近是不是有家花店？」

季恆秋點點頭，指著前面說：「好像就在那。」

這個時間店裡沒剩什麼，江蓁最後挑了一束白桔梗，讓店員用牛皮紙小心包裝好。

季恆秋沒多問，也對花語不瞭解，只以為她是要放在家裡裝飾。

回到巷子口，江蓁說了聲「等等」，掙脫開他的手向路邊走去。

手中空了，季恆秋失神一瞬，隱隱反應過來她買花是為了什麼。

這兩天他極力規避那一塊地方，不去看不去想，現在卻因為追隨江蓁的背影不得不將目光投去。

她停在第二個路燈下，彎腰將手中的桔梗輕輕放下，沒有立即起身，垂著頭不知道在想什麼。

昏黃燈光將她和一地的花束打上一層光圈，柔和而遙遠，畫面失焦有些不真實。

寒風吹過，隨著鬆開的手好像有什麼也一同遠去。

季恆秋僵在原地，渾身冰冷得打顫。

隔著一條街，江蓁站在路的對面，朝他揮了揮手。

季恆秋輕輕呼吸一口氣，胸腔緊縮，疼得他心臟發麻。

他不知道自己是否還穩穩站著，意識恍惚裡他跌進灰色大海，冰冷海水淹沒侵襲，他奮進全力抓住的那一束光，當夕陽落下就會消失。

江蓁知道她在哀悼誰嗎？

季恆秋眼前朦朧，無助地攥緊手裡的牽繩。

她一定不知道，否則怎麼會對他這麼溫暖地笑。

江蓁一路小跑過來撲進季恆秋懷裡，她很喜歡這個動作，喜歡看季恆秋站在原地向她張開雙臂，胸膛碰撞在一起時能感受到彼此鮮活滾燙的心跳。

她甚至比接吻擁抱更喜歡這樣的奔赴。

江蓁圈住季恆秋的腰，揚起腦袋問：「你認識那個男孩嗎？我今天早上在劉嬸店裡聽鄰居們聊了一下，好像叫莫……」

江蓁歪著頭努力回憶，季恆秋啟唇，替她補完那個名字：「莫桉，叫莫桉。」

「啊對，你認識他嗎？」

季恆秋摸了摸江蓁的耳垂，輕輕點了下頭：「嗯，他就是方姨的兒子。」

江蓁驚訝地睜大眼睛，想起季恆秋說過方姨因為家裡出事才搬走，原來指的就是這個。

一家都是善良的人，太可惜了，江蓁抱緊季恆秋，胸口鬱結了股氣，怎麼嘆也嘆不盡：

「所以是出什麼意外了？車禍嗎？」

今天在店裡那些鄰居們刻意迴避莫桉的死因，只說他走得很可憐，說沒想到這樣的事會發生在他身上。

季恆秋只是搖頭，替江蓁攏緊外套，牽起她的手說：「回去吧。」

江蓁回頭看了一眼，大概是真相太殘忍，後來的人不願意回憶起。

風颳動光禿的樹枝，冬夜陰沉蕭索。

江蓁搓搓手，塞進季恆秋的外套口袋裡，天太冷了，不知道等過年會不會暖起來。

之後幾天天氣預報連續發布了好幾則寒流預警，隨著氣溫一同下降的還有季恆秋的情緒。

其實和平時不溫不喜的樣子沒什麼差別，但江蓁能感覺到他在不開心。

總是會走神發呆，抽菸的頻率比以往更高，有的時候他嘴角彎著，笑意卻不達眼底。

江蓁不刻意逗他開心，也不說安慰排解的話，只在兩個人都無言的時候靠在他肩上牽著他的手，讓掌心紋路相貼，好像這樣能纏繞著融進彼此的命裡。

很多個閒暇時刻他們都這樣度過，有時候看電視，有時候什麼也不幹，讓大腦澈底放空。

週六是難得的晴天，下午陽光明媚，氣溫回升了幾度，江蓁坐在小花園的鞦韆上曬太陽，土豆趴在她腳邊。

程澤凱牽著程夏進來，把小孩交給江蓁看管，江蓁往旁邊挪了挪，分半個鞦韆給他。

「想不到季恆秋還挺會搞浪漫的。」程澤凱環顧一圈，在遮陽傘下坐下，拿了顆蒜在剝。

江蓁得意地挑了挑眉：「那可不。」

之前空蕩的花架上擺滿了花盆，是前兩天她和季恆秋去花鳥市場買的，裡面埋了種子，等春天到了就能發芽。

臨近年關，程澤凱問江蓁：「過年回家嗎？」

鞦韆小幅度地搖擺，一前一後盪得人犯睏，江蓁打了個哈欠，懶洋洋地說：「不回啦，和家裡說了。」

「不回好。」程澤凱笑了笑，「前幾年都是我們爺們三個一起過的，無趣。」

江蓁揶揄他：「那你什麼時候找個大嫂啊？五個人更熱鬧。」

程澤凱瞪她一眼：「怎麼妳還催我婚呢？」

江蓁哈哈笑起來：「不催不催，你自己看著辦。」

季恆秋從後廚的窗口喊了聲「江蓁」。

「欸。」

他把車鑰匙遞出來：「幫我去後車廂裡拿瓶紅酒，做牛排。」

江蓁起身接過：「好嘞。」

走到車邊解鎖後備箱，裡頭沒什麼東西，江蓁一眼看到包裝好的紅酒，她彎下腰伸手進去拿，無意中卻瞥見旁邊放了個中老年奶粉的禮盒和一籃水果。

江蓁捧起紅酒瓶，又多看了一眼，按下車蓋上好鎖後往回走。

回到酒館後廚，江蓁把酒遞給季恆秋，今天似乎是西餐特輯，秦柏在煮奶油蘑菇湯。

「嘗嘗。」季恆秋舀了一勺馬鈴薯泥餵給江蓁，「味道怎麼樣？」

江蓁細細咀嚼，點評道：「好吃，鹹淡剛好。」

季恆秋笑了下，用開瓶器把紅酒打開。

江蓁靠在桌子邊，裝作不經意地問道：「明天你有事嗎？」

季恆秋回答：「沒啊，想去哪裡玩嗎？」

「啊，想看電影了。」

「好啊。」季恆秋捏捏她的手背，「明天去看。」

江蓁盯著地板上的一點，輕輕喚他：「恆秋。」

季恆秋正在專心調醬料的比例，「嗯」了一聲。

江蓁深呼吸一口氣，鼓起勇氣說：「你有什麼事都可以和我說的。」

季恆秋放下手中的碗和勺子，走到她面前，微微弓著身子問：「怎麼了？」

「沒。」江蓁搖搖頭，「就是覺得你最近好像不開心。」

季恆秋垂下視線，喉結滾了滾：「我知道了。」

手上沾了醬不方便抱她，季恆秋上前一步虛攬了下，吻在江蓁耳骨上：「我沒事。」

江蓁摸了摸他的背，埋在他肩上，悶著聲音說：「那就好。」

回到後院，程澤凱剝好了一碗蒜剛要起身，江蓁叫住他，問：「季恆秋他爸是什麼時候入獄的呀？」

程澤凱摸了一把後腦勺：「有二十年了吧，反正當時他十四五歲。」

江蓁點點頭，手指扣在手背上若有所思。

程澤凱欲言又止，最後說了一句：「其實都是陳年往事了，都過去這麼久了。」

江蓁對他笑了下：「我突然想起來問問，沒什麼。」

不知道是從什麼時候養成的習慣，不管前一晚什麼時候睡，季恆秋都會在清晨六點半左右醒來。

他不貪睡，深度睡眠總會引起麻煩的噩夢，他總是睡得很淺，所以也很容易清醒。

起床的第一件事是幫土豆換水換飼料，這隻黃金獵犬是他三十歲的生日禮物，程澤凱送的，理由是怕他孤獨。

季恆秋覺得應該還有後半句——怕他孤獨，所以給他找點麻煩。

好在土豆除了吃喝難伺候，性格和毛髮一樣溫順，養起來不累。

早鍛煉也是遛狗，帶著黃金獵犬溜一圈回來，粥也差不多煮好了。

七點五十的時候他第一次喊江蓁起床，通常沒效果，等到八點再喊一次，這次不管醒不醒直接把人從床上抱起來，先從物理意義上完成起床這項任務。

吃完早飯江蓁去上班，他去菜市場買菜。

午飯一個人吃，草草了事即可，飯後睡個午覺，醒來就去酒館準備今天的開業。

這樣的日常作息已經有好幾個月了，稀鬆平常，平淡又幸福。

江蓁說他身上多了煙火氣，和以前的孤寡生活相比，這確實太溫馨。

溫馨的像老天爺饋贈的美夢，讓他掉以輕心，忘記了自己一半身子還在黑暗裡。

季恆秋已經很久沒去看過方淑萍，他從前一做噩夢第二天就會去養老院，現在他很少做噩夢了。

走到門口時，望著那棵光禿禿的樹才驚覺時間相隔之久。

照顧方淑萍的還是那位看護，她看見季恆秋，表情很意外：「好久沒見你來了。」

季恆秋笑著點頭：「最近忙。」

看護告訴他：「方阿姨最近有點感冒，夜裡一直咳嗽，昨天她外甥來過，說要帶去醫院看看，她不肯去。」

季恆秋把果籃和補品放在桌子上，人正在睡午覺，應該快醒了，已經兩點多了。

他正好買了梨，在床邊的椅子上坐下找看護要了一把水果刀。

一顆梨削了一半方淑萍就醒了，睜眼之後盯著季恆秋看了很久，不知道是還沒睡醒，還是又不認識他了。

「方姨。」季恆秋喊了聲。

「阿秋啊。」方淑萍的聲音很啞，臉上沒什麼血色。

這一聲無意識的稱呼讓季恆秋停下手裡的動作，眼眶酸澀，他點點頭應了一聲：「是我。」

方淑萍生病之後容易認錯人，季恆秋有的時候來，她會叫他「小桉」，有的時候認出他是誰，又是歇斯底里發狂，更多的時候只是冷漠，好像完全不認識他。

像這樣溫柔的一聲「阿秋」，他已經二十年沒再聽見過。

過了一下，方淑萍又扯著嗓子艱難地發聲，她說：「給你做的棉服合不合身啊？」

季恆秋把頭低得更下，雙手顫抖拿不穩那顆還沒削完的梨，喉嚨口發緊，像是被石頭堵住，他說不出來話，也沒臉回答。

看來是還沒從夢中清醒，夢裡是所有意外還未來臨的過去。

看護拿著熱水壺進來，剛剛的對話她聽見了，嘆了一聲氣對季恆秋說：「她好像越來越糊塗了，不記得人不記得時間。」

季恆秋深吸一口氣，壓住心裡翻騰的情緒。

看護幫方淑萍起身，扶她坐到躺椅上，曬一下太陽。

季恆秋切了一片梨，遞過去的時候她沒接。

抬頭對上那雙衰老渾濁的眼睛，他心裡一沉，方淑萍認出他來了。

梨被打落在地上，季恆秋頓了頓，彎腰撿起扔進垃圾桶。

「你來幹什麼？」方淑萍戒備地看著他，說得太急，捂著胸口用力咳嗽起來。

季恆秋繼續切梨，平靜說道：「感冒了，醫院還是要去。」

方淑萍止不住咳嗽，一張臉脹得通紅，看護過來幫她順氣，在她旁邊勸道：「人家年年都來看妳，帶了這麼多補品給妳，好好看看他是誰！」

季恆秋自嘲地笑了笑，抬頭對看護說：「方便幫我拿個盤子嗎？」

看護應好：「行，我去拿。」

等看護走出房間，方淑萍呼吸粗重，頭垂著不肯看她。

季恆秋說：「你放心，我不會再來了。」

方淑萍的視線抬了抬。

「二十年，不知道夠不夠償還，但也不會再來了。」季恆秋望著窗外，冬天的景色很單調，看得人乏味，「方姨，那件棉服很合身，我永遠感謝妳對我的好，對不起的話就不說了，說的已經夠多了。以前我想過把命賠給妳，真的，活下來的人太痛苦了，我不知道該恨誰，妳應該也是吧。」

這一次季恆秋緩了很久，才有力氣繼續說下去：「以前覺得這條命是死是活都無所謂，但是現在不一樣了，我也有人愛了，我捨不得她難過，所以我要繼續苟且偷生。我很卑鄙地想要忘記這些事情，也希望妳不要記得。」

他抬頭看向方淑萍，從剛剛開始她就盯著一個地方出神，也不知道他說的聽見了沒。

季恆秋循著她的視線看去，落點是他手裡的水果刀。

他扯著嘴角笑了一聲，有些無奈。

原來是在想這個嗎？

季恆秋從椅子上起身，削好的梨被丟進垃圾桶，他在方淑萍面前蹲下，反手拿住刀，把刀柄遞到方淑萍的手裡，就這麼握住她的手捅向自己。

他像一灘死水，沒有波瀾沒有起伏，近乎冷淡地迎接越來越近的刀尖。

方淑萍盯著他，眼底燃起猩紅，牙關咬緊下顎緊繃，全身抖成篩子。

這是她在腦內上演無數遍的畫面，拿起這把刀扎進他的心臟，就算不足以致命，也要讓他嘗嘗剖心的滋味。

刀尖抵住左胸膛時，季恆秋還是面無情緒，不知道是誰的手劇烈顫抖，刀尖左右晃動。

「哎呀！這是在幹嘛呀！」門口看護的一聲尖叫將方淑萍拉回現實，她恍然回神，掙脫開季恆秋的手，張著嘴大口呼吸，咳得快喘不過氣。

季恆秋站起身才發現雙腿發軟，他扶著桌沿站穩，此刻驚醒，他後背上冒出一層冷汗，呼吸和心跳都是亂的。

方淑萍額頭上暴著青筋，絕望痛苦地叫號，一張臉不知何時已經老淚縱橫。

季恆秋用這種極端的方式逼她，拿自己的命換一個了結。

他賭方淑萍下不去手，刀尖落下來的那刻，他又矛盾地希望真的扎進來。

如果一刀就能換從此以後的心安理得，那太值了。

刀還被她緊緊攥在手裡，季恆秋伸手要去奪，方淑萍反應過激，舉著揮動了兩下，看護站在一旁不知道從何下手。

「妳按住她。」季恆秋說完就走上前，混亂之中握上刀刃，刺痛感讓他呼吸一窒，好在看護已經及時控制住人，水果刀掉落在地上，沾著他的血跡，清脆地響了兩聲。

之後的場景對於季恆秋來說已經是朦朧空白，也許是失血引起的頭暈，他再無力氣思考，麻木地任人擺布。

他聽見方淑萍蒼老沙啞的聲音從遠處傳來，分不清是現實還是幻想。

——「我們都忘了吧。」

季恆秋自私地選擇信以為真，都忘了吧，腐朽的祕密埋藏在海底，不見天日，別再提起。

「江蓁，給我嘗嘗妳的。江蓁？」

「啊。」江蓁愣愣回過神，「妳說什麼？」

宋青青指著她手裡的草莓蛋糕：「我說我想嘗嘗妳的，想什麼呢這麼認真？」

「沒什麼。」江蓁把盤子遞過去，抬起手邊的美式抿了一口。

部門的下午茶時間，于冰點了樓下的咖啡和蛋糕，大家正聚在一起討論年會穿什麼禮服。

他們聊得熱火朝天，江蓁卻聽得不專心，坐在一旁走神了很久。

從口袋裡摸出手機就看見上面三個未接來電，都是程澤凱打來的。

這是出了什麼急事，江蓁心裡一緊，剛要回撥過去，頁面上就彈出通話申請。

她趕緊點擊接聽把手機放到耳邊：「喂。」

『江蓁啊，妳現在方便嗎？季恆秋在醫院，妳快過去看看。』

江蓁騰地一下站起身：「醫院？出什麼事了？」

程澤凱大概是在馬路上，說話帶著喘氣聲：『不是什麼大事，手受傷了，我在接兒子，妳先去看看。』

「好。」江蓁掛了電話，手受傷了可能很嚴重，她不知道程澤凱是不是帶了安慰的成分，關心則亂，她一顆心吊在半空，慌慌張張地讓于冰幫忙請個假，拿了車鑰匙就往樓下停車場跑。

坐進車裡，江蓁才發現自己手腳都在發抖，車鑰匙怎麼都插不進去，她深吸一口氣，再緩緩吐出來，強迫自己鎮定下來。

不是什麼大事，冷靜一點，別自己嚇自己。

季恆秋在的醫院離公司不算遠，江蓁加速開過去，找到他所在的科室時人正在裡面處理傷口。

醫院總是充斥著消毒水的味道，江蓁在門口停下，喘著粗氣平復呼吸。

隔著五六步的距離他們遠遠對視一眼，還沒來得及開口說話江蓁就被護理師叫走。

「是家屬吧，去交個費。」

江蓁接過病歷單，往裡看了一眼，也許是因為受了傷，季恆秋現在臉色蒼白，看起來很憔悴。

「好。」她轉身跟著護理師去收費站，一路上大致瞭解了情況。

手掌心挨了一刀，傷口挺深，再往下一點就會傷到神經，送到這的時候流了很多血，護理師說回去要好好幫他補補。

江蓁勉強笑了下向她道謝，交完費後回到診室門口卻沒邁步進去。

她坐在走廊的長椅上，弓著背把臉埋進掌心，看到季恆秋沒事，這時神經放鬆下來，整個人像是脫了力。

十幾分鐘後季恆秋包紮好從裡面出來，江蓁聽見腳步聲抬起頭，日光燈的光亮讓她不適地瞇起眼。

季恆秋用沒受傷的左手蓋在她眼睛上，是她熟悉的溫度和觸感，替她遮住刺眼的光芒。

一個下意識的舉動，江蓁卻忽然覺得鼻酸。

她眨了眨眼睛，睫毛掃過掌心，季恆秋覺得癢。

他試著張口，卻不知道說什麼，只能等著她先開口問。

走廊上人們來來往往，他們一個站一個坐，誰都沒說話，直到季恆秋感覺到手心濡濕。

他還未來得及做出反應，江蓁就推開他，從椅子上站起來。

「走吧。」她吸了下鼻子，抬手抹掉眼眶裡的淚，抬步要往前走。

季恆秋的心揪在一起，聲音沙啞地喊她：「江蓁。」

「走吧，先回家。」

來的時候擔心緊張，回去的路上江蓁表現得很冷靜，她打了個電話給程澤凱，說他們已經從醫院出來了。

二十分鐘的路程，季恆秋偷偷瞟了她好幾眼，她什麼都不問，近乎無動於衷，讓他感到心慌，害怕卻又無措。

車子停在公寓樓下，江蓁拔了鑰匙熄火，引擎停止運行，沉默在車廂裡流轉。

「我其實已經猜到了。」她輕輕開口。

季恆秋偏過頭看向她。

江蓁咬了咬唇角，雙手還搭在方向盤上：「你爸爸喝醉酒過失打死的人，就是莫桉，對不對？」

知道瞞不住了，但是被她這麼親口說出，季恆秋還是覺得難堪，每一下呼吸都牽起心口刺痛，他點了點頭：「嗯。」

「護理師說你是從養老院裡過來的，你去看的人，是方姨？」

這次還沒等季恆秋回答，她又問出下一個問題：「那一刀是她劃的吧？你反抗了嗎？還是又站著讓她打你罵你？」

季恆秋聽到「又」字愣了愣：「妳……」

江蓁低下頭嘆了一聲氣：「我之前做志工活動，在養老院看過你一次，我知道你那次額頭受傷是因為什麼。」

右手傷口的疼痛持續不斷地折磨神經，季恆秋一直忍著，他咬牙熬過又一陣的撕裂感，伸出左手想去牽江蓁，氣息不穩地擠出一句：「對不起。」

「我不是怪你這個，那時候我們剛在一起沒多久，我理解你無法坦白。」江蓁用指腹摩挲著季恆秋的手背，「但是季恆秋，後來你有很多個機會來和我聊聊，現在卻要我來猜。」

季恆秋心快爛成一攤泥，哽咽地說：「那些事情已經不重要了。」

「怎麼不重要？」江蓁加重語氣，顫抖著聲音反問他，「你整天不開心，總是受傷，一次比一次嚴重，這怎麼不重要？」

意識到自己失控，江蓁閉著眼睛調節呼吸，儘量讓自己平靜下來：「你要是只想和我談個戀愛，那就什麼都別告訴我，我也不想知道。我以為我表現的夠明確了，可是季恆秋，現在不是我不相信你，是你不信任我。」

喜歡是分享甜蜜，但愛需要分擔痛苦，在江蓁這裡季恆秋犯了大忌，所以她生氣。

她更加想不通為什麼他在方姨面前要這麼低聲下氣，所有人告訴她季恆秋的父親有多麼罪惡讓她離開季恆秋的時候，江蓁一遍遍反駁那與他並無關係，他爸做了什麼，關季恆秋什麼事呢。

可是為什麼他要表現的好像他才是罪犯一樣，讓自己在陸夢和夏俊傑面前的理直氣壯變得可笑荒謬。

沒關係的呀，你父親犯下的錯不應該由你來承擔啊。

就算對方姨抱有歉疚，但為什麼要傻傻的任人出氣？

上次是被保溫杯砸，這次是刀，那下一次呢？難道還要把命賠給人家嗎？

怎麼能這麼輕賤自己呢？

江蓁說到底還是心疼，捨不得對他說重話，咬著嘴唇把眼淚和火氣都憋回去，她重新開口說：「你先回家吧，我還要回去上班，等等讓程澤凱來照顧你。」

季恆秋看著她，沒下車。

江蓁把從醫院取回來的藥遞過去，軟下語氣說：「先回家，我下班就回來，疼的話袋子裡有止痛藥。」

看著季恆秋上了樓，江蓁疲憊地趴在方向盤上，其實公司不回去也沒關係，但她現在需要一個人透透氣。

在外面兜了一圈發現沒地方去，江蓁還是回了公司。

于冰看見她回來了，關心地問：「姐夫沒事吧？」

江蓁搖搖頭：「沒事，不然我也不會回來。」

「那正好，剛剛婷姐來通知開會，我正要幫妳請假呢。」

「不用了，我馬上去。」

總部臨時安排了年前的衝刺任務，一場會議開到快晚上七點才結束。

江蓁抻抻手臂，投入工作就忘了雜七雜八的事，拿起手機才看見季恆秋傳了很多則訊息給她。

一開始是問什麼時候回來，後面語氣逐漸卑微，每隔五分鐘就傳一句『什麼時候下班？』，最後一句停留在『還回來嗎？』

江蓁忍不住笑了笑，這委屈的模樣，她剛要打字回覆又停下動作，使壞地選擇無視，把手機塞進口袋裡準備下班。

加班是常有的事，所以季恆秋通常不會直接打電話過來。訊息不斷傳來，螢幕亮了又亮。

等紅燈的時候江蓁瞟了手機一眼，季恆秋剛又傳了一句：『快回來，我餓了。』

江蓁一看急了，抓起手機啪啪啪打字：『程澤凱呢！他不管你吃飯啊？』

上面一欄立刻顯示「對方正在輸入中……」

大概是只有左手打字不方便，江蓁等了半天也沒等到回覆。

綠燈亮了，她放下手機踩下油門。

兩分鐘後季恆秋的回覆才傳來：『他回店裡幫忙了，妳什麼時候回來，我手疼。』

江蓁哼了一聲，這時候知道疼了？

她加快馬力，打轉方向盤超了前面兩輛車。

上到三樓剛要按密碼，門就從裡面打開，還沒看見裡面的燈光，江蓁就被拽了一把跌進季恆秋的懷裡。

「我錯了。」季恆秋貼在她耳邊小聲說，左手摁著她的背，抱得江蓁要喘不過氣。

「錯哪了？」

季恆秋不說話了，大概是答不上來，捧著她的臉作勢要吻。

江蓁摁住他下巴推開，冷笑一聲，踢在他小腿上掙脫開懷抱。

她一眼識破，無情拆穿：「程澤凱教你的吧。」

季恆秋撇開視線。

江蓁翻了個白眼，嘀咕道：「好的不學。」

她換好鞋放下包，擼起衣袖去廚房熱飯。

季恆秋跟著她進去，三十三歲的男人什麼臉皮都不要了：「我真的知道錯了。」

江蓁戴上圍裙不理他，嫌他一個大高個站在廚房礙手礙腳，要趕他出去。

季恆秋當然不聽話，左手從背後抱住她的腰，腦袋在她頸側蹭了蹭。

江蓁覺得無語，又忍不住想笑：「季恆秋你多大的人了！」

季恆秋繼續蹭，邊蹭邊說：「別生氣了寶。」

停頓了兩秒，他又兀自嘟囔了句什麼，江蓁沒聽清：「你說什麼？」

「我說！」季恆秋臉上發熱，一閉眼硬著頭皮大聲喊，「我不是只想和妳談個戀愛！我想和妳天長地久白頭到老！」

「草尼瑪季恆秋你給我小聲一點樓下鄰居都聽見了！」

第二十二杯調酒

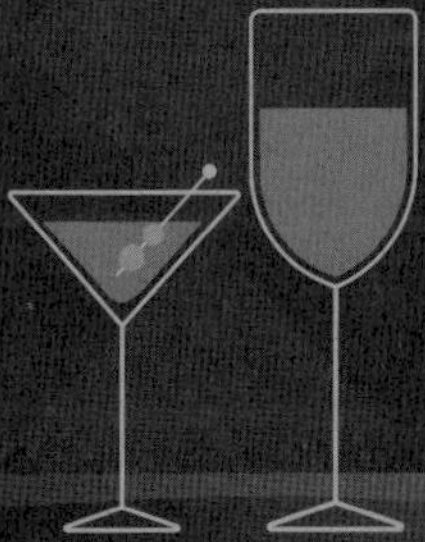

「嘭」一聲廚房的推拉門被關上，季恆秋被江蓁一腳踹了出去。

「我……」

換來的是一個嫌棄的白眼。

再黏下去怕起反作用，季恆秋乖乖滾回沙發上。

土豆叼著玩具球在他腿邊轉，傻狗純真無害的表情看得他惱火，季恆秋抬腿輕踢了一腳：「爹媽都感情危機了！」

土豆歪了歪腦袋，聽不懂人話。

季恆秋搓搓額頭嘆了一聲氣，從茶几上摸到手機找程澤凱求助。

電話接通，季恆秋劈頭就問：「怎麼辦啊？你教的不管用！」

程澤凱正伺候兒子洗澡，背景音混雜著水流聲，手機放在洗手檯上，說話靠喊：『啊？不管用啊？』

季恆秋：「抱也抱了，表白也表了，一點都沒消氣。」

程澤凱皺起眉頭，不應該啊：『你是不是哪裡說錯話了？』

季恆秋仔細想了想：「沒吧。」

程澤凱依照多年經驗，斷言道：『那肯定是你還沒找到問題的關鍵點。』

季恆秋往廚房裡看了一眼：「什麼意思？」

『江蓁又不是無理取鬧的人，她氣的是你作賤自己。其實我也不是很理解，你這麼多年跑人家死者家屬面前沒少挨揍吧？為什麼啊季恆秋？你又沒做傷天害理的事情，我見過爸替兒子道歉，沒見過兒子替爸的啊。』

季恆秋躺倒在沙發上，太陽穴脹痛：「行了，你就別罵我了。」

『行，我不罵，好好跟江蓁道個歉，態度再誠懇一點，你手上受著傷，再賣個乖，她肯定就心軟了。』

聽筒裡傳來程夏稚嫩的聲音：『哼啾叔加油！』

季恆秋閉著眼睛笑了笑：「行，我加油。」

熱好飯菜，江蓁拿了兩副碗筷，想起季恆秋左手吃飯不方便，又多拿了個鐵勺。她故意拿了程夏的勺子，勺柄上印著多啦A夢，某些人現在連五歲小兒都不如。左手用不習慣，一塊排骨怎麼舀都舀不起來，季恆秋抬頭看向江蓁求助。

江蓁心裡來氣，瞪他一眼：「人家要往你胸膛裡刺你是不是也不躲？手上挨一刀受罪的是誰？」

排骨被丟進碗裡，季恆秋心虛的不敢說話，埋下頭扒飯。

江蓁又夾了幾筷子菜到他碗裡，開口問：「知道錯哪了嗎？」

經高人指點，季恆秋差不多想明白了：「知道，不該作賤自己身體。」

江蓁放下筷子，直視季恆秋道：「我和你說過吧，我爸是警察。他年輕的時候什麼都不怕，出警肯定衝在第一個，小病小傷從來不當回事。但是和我媽結婚尤其是生了我之後，他說他突然特別貪生怕死，也不是怕了，就是覺得要好好保護好自己，要對家裡人負責。季恆秋，你知道我接到電話說你在醫院的時候是什麼心情嗎？」

季恆秋從椅子上站起來，江蓁泛紅的眼尾看得他心臟抽疼，他把她攬進懷裡，左手揉著頭髮，輕聲說：「對不起，以後不會了，也不會再去見她。」

江蓁早消氣了，就想讓他長個教訓，她揪著他的衣擺，仰起頭說：「你沒有錯的，方姨遷怒你是因為她需要一個情緒的發洩口，但是你要知道你沒有錯。」

季恆秋沒有說話，彎腰吻在她額頭上，輕輕拍著她的背。

——錯了的，他是犯了錯的。

所有人都以為季雷那天的暴走是因為酗酒發瘋，畢竟酒後失控造成的悲劇並不少見。

但他知道為什麼受害者偏偏是莫桉。

所以方姨怨他恨他，季恆秋認了，刀割破皮膚的那一刻，他心裡是狠狠鬆了一口氣的。

雖然不及千萬分之一，但能體會到當時莫桉的一點點疼他都會少一分痛苦。

只是現在看著江蓁為他擔心為他難過，季恆秋又有些後悔。

「乖寶。」他蹲下身，放輕聲音喊她。

江蓁戳在他心口，用手指點了點：「別受傷，要平安健康的和我過完這一輩子。」

季恆秋心軟得一塌糊塗，一腔柔情化成水，他重重點頭：「好，我保證。」

江蓁捧著他的右手，隔著繃帶在手背上落下輕吻：「以後有什麼不開心一定要和我說。」

季恆秋哽咽地回：「好。」

「我的小福星，要長命百歲。」

季恆秋撫了撫她的眼尾：「我儘量。」

江蓁踢他一腳：「說我一定。」

季恆秋笑意溫柔：「好，我一定。」

江蓁這才滿意，獎勵似的摸摸他的腦袋。

季恆秋莫名覺得這舉動有些像她平時對土豆的樣子，搞得他特別想「汪」兩聲。

把人哄好了，季恆秋有些得意忘形，一撂勺子說手疼要人餵。

江蓁問他：「你左手也疼啊？」

季恆秋眼睛眨都不眨就張口胡說：「右手疼得我全身沒力，妳餵我吧。」

江蓁拿他沒辦法，接過他的碗，舀了一勺菜和飯送到他嘴邊。

季恆秋滿眼深情地盯著她，滿足地笑：「老婆真好。」

江蓁手一抖，飯上的蝦仁掉回碗底，她抿著唇深吸一口氣。

季恆秋第一次這麼喊，尾音上揚，本來就戳在她審美上的嗓音，真是要命了，她耳朵尖都是紅的。

說起來都是老夫老妻了，自己表現得這麼害羞純情，江蓁皺著臉憋回喉間要逸出的尖叫，清清嗓子粗暴地把飯塞進他嘴裡：「快吃你的，少廢話！」

季恆秋這時看她凶巴巴的樣子都覺得漂亮極了，眼瞳裡鑲了濾鏡，怎麼看都是可愛的。

於是他由衷感嘆：「妳真漂亮。」

江蓁把手裡的勺子調轉方向敲在季恆秋腦門上：「你他媽是不是喝假酒了？」

季恆秋捂著額頭，還傻呵呵地笑：「沒，妳就是漂亮。」

因為季恆秋手受傷了無法做飯，他和江蓁去程澤凱家蹭了好多天的飯。

酒館裡又招了一個幫廚，秦柏挑的人，是個女孩子，名字裡有個春，大家就喊她小春。

小春說起來就是秦柏的徒弟了，這兩人一個沉悶一個活潑，不知道組合在一起能碰撞出什麼火花。

這天江蓁下班回到酒館時，季恆秋坐在吧檯邊和程澤凱說話。

她放下包走過去，陳卓剛調好一杯酒，江蓁覺得口渴想拿過來喝，被他「啪」一下拍開手。

「這給我哥的。」陳卓把瓶子裡剩餘的雪碧遞給她，「嫂子妳渴就喝這個。」

這差別待遇，江蓁「喲」了一聲，轉頭問季恆秋和程澤凱：「他們和好啦？」

季恆秋搖搖頭，程澤凱回答說：「沒呢，小的憋不住了，大的還不想理他，這不是在哄著呢。」

江蓁喝了一口飲料，陳卓剛調的酒是她取名的「小熊愛生氣」，雪碧混燒酒，上面撒了軟糖。

「拿這杯哄人，確定不會火上澆油嗎？」

話音剛落陳卓就灰頭土臉地回來了，手裡的酒一口沒動。

偏偏還有喜歡傷口上撒鹽的，缺德一號季恆秋問他：「怎麼了？小熊還氣著呢？」

缺德二號程澤凱壞笑道：「看來氣挺足的，都一個月還冒著泡呢。」

江蓁憋著笑：「小熊，啊不對，小周說什麼了？」

不喝他自己喝，陳卓悶了一大口酒，生無可戀道：「讓我滾一邊去。」

他除了調酒什麼也不會，選那杯獻殷勤，是因為看起來最可愛，沒有別的意思，誰知道正中槍口。

周明磊問他想諷刺誰呢，天地良心，真沒那個意思，他也用不著這麼拐彎抹角，想罵誰都正面剛。

陳卓洗了杯子重新操作，從身後的櫃子裡拿出一瓶紅酒。

江蓁問他：「這杯叫什麼？」

陳卓摘了兩片花瓶裡的玫瑰花瓣，故意提高音量喊：「不知道，就叫『帶刺的玫瑰』吧！」

周明磊肯定聽到了，反擊道：「怎麼不叫『夜空中最亮的星』。」
他重音咬在星字上，直擊要害，一針見血。
陳卓低頭搗著杯子裡的酒，反應卻不是他意想中的著急跳腳：「星星沒啦，我的石頭還丟了。」
周明磊心一沉，走過來問他：「你什麼意思？」
江蓁三人直覺氣氛要變，識相地開溜回後廚偷偷圍觀。
「你說他們……」她沒有說下去，說出來又覺得是自己想多了。
季恆秋明白她意思，說：「也許吧。」
程澤凱接話道：「對，誰說得準呢。」
陳卓和李宛星告吹了，她和別人在一起了，那小子也是籃球館的常客，陳卓還和他打過幾次，球技不怎麼樣，球鞋是真的多。
拽哥覺得李宛星明顯就是在耍他，憤憤不平要替他討公道，陳卓卻意外地平靜，攔住他不讓去，說人家女生沒那麼心機。
送出去的禮都打包好還回來了，李宛星和他說了很多遍對不起。
陳卓沒什麼太大感覺，甚至還玩笑地問她一句：「我和他比，輸哪了啊？我球鞋也不少啊。」
李宛星尷尬地笑了笑：「其實我和他認識很久了，但他一直不表白，我著急啊，和你接觸就是想刺激刺激他，對不起啊。」

陳卓擺擺手：「沒事，我也算是助攻了，祝你們長長久久。」

當了次工具人，自己什麼好處都沒撈著，還賠了個溫柔體貼的哥哥。

陳卓沒怎麼體會到失戀的悲傷，坦然接受的程度讓自己都覺得意外。

自從那次和周明磊吵完架，他其實對李宛星就沒那麼上心了，感情都是一陣陣的，他本來就是個三分鐘熱度的人。

就是和周明磊僵硬的關係讓他抓心撓肺，等失去了才發現他哥對他有多好，陳卓心裡懊悔啊。

周明磊的小名叫石頭，家裡這麼喊他的只有周爺爺，陳卓聽到一次覺得有趣，有時候也沒臉沒皮地這麼叫他。

現在看來這名字取得真對，脾氣就跟塊石頭似的。

陳卓沒有哄人經驗，和程澤凱和季恆秋取了很多經，一招一招試過來通通無效。

他賠笑這麼多天了，還是熱臉貼冷屁股，現在有點自暴自棄，想撂攤子不幹了。

「石頭不理我啊！脾氣又臭又硬，我都早上六點起來幫你做早飯了，還要怎麼做啊！我的熱情也是有限度的，周明磊你別他媽太過分！」

周明磊眉頭緊蹙：「你早說是你做的，麵裡有蛋殼我還扣了王阿姨薪水。」

陳卓快氣吐血了：「你他媽有沒有聽我說話！」

陳卓一著急說話嗓門就大，周明磊揉揉耳朵：「聽著呢。」

陳卓氣得鼻孔都撐大了，手裡的玫瑰花瓣被捏得粉碎：「之前的事對不起！我不該對你那麼說話！」

好傢伙，道歉說的跟要幹架一樣，周明磊手插在口袋裡，不為所動。

陳卓的耐心所剩無幾，抬手把花瓣碎扔到周明磊身上，就一句話：「還能不能和好！」

周明磊覺得自己如果說句「不能」，陳卓肯定會一拳掄上來。

他吸吸鼻子，佯裝不情不願地說：「能吧。」

陳卓又問一遍：「到底能不能！」

周明磊吼回去：「能！」

陳卓這才滿意，語氣軟了下來：「那你別生氣了唄，我不該亂花錢，知道錯了。」

周明磊還是擺著兄長的架子，冷酷地「嗯」了一聲。

見對方態度鬆動，陳卓湊上去，腆著臉皮笑：「不生氣了吧？」

周明磊睨他一眼，問：「以後還要我管你嗎？」

陳卓點頭如搗蒜：「要要要！您是我永遠的哥！我下次要交女朋友肯定先帶來給您過目！」

周明磊的笑在後一句話時僵住，他拿起桌上的杯子，一口悶了裡頭的酒，對陳卓說：「行了，去忙吧。」

陳卓墊腳攬住周明磊的肩膀，親暱地拿腦袋去撞他：「那過年的時候還給我壓歲錢嗎？」

周明磊拍開他的手：「給。」

陳卓又嬉皮笑臉地黏上去，兩個人好久沒說過話，可憋死他了，攢了一堆屁事想和周明磊分享呢。

後廚垂布被放下，默默圍觀了全程的三人互相看看，一切盡在不言中。

江蓁說：「我好像有點理解小周了，陳卓這小孩有時候招人厭，有時候又真的討人喜歡。」

程澤凱感嘆道：「可惜了，陳卓開竅遙遙無期。」

江蓁嘆了聲氣，兩個人的名字寓意都好，可又都與現實偏差。

——陳卓不沉著，遇到一點小事就脾氣暴躁，周明磊不明磊，偷偷喜歡人家這麼多年不敢說。

三個人還沉浸在情緒裡感懷傷時，就聽身後小春清清嗓子喊道：「大哥大姐們，你們要不要去後院聊？我要端菜呢，你們堵在這。」

氣氛瞬間被破壞，三人挺起腰背，站作一排給小春讓路。

看著女孩子風風火火地快步出去，把餐盤遞給外頭的服務生，江蓁撓撓臉問：「我們是被員工訓了嗎？」

程澤凱拍拍季恆秋的肩：「江蓁就不說了，我們最近是不是確實有點不務正業？」

季恆秋回以一笑：「我是老闆，我的工作就是聘請你們。遊手好閒的是你，程經理。」

程澤凱指著他欲言又止，一抬手擼起袖子端菜去：「行！我立刻去幹活！」

江蓁在旁邊咯吱咯吱笑，捶了季恆秋一下，說：「能不能對你員工好點！」

季恆秋捂著手臂把話還回去：「能不能對妳老公好點！」

酒館總是那麼熱鬧，橙黃燈光下的空氣香甜溫暖，玻璃杯裡酒液晶瑩，一道道別出心裁的主廚特餐，解決最基本的口腹之欲，也上升出精神層面的無限歡愉。

在這裡沒有崇高理想，沒有跌宕人生，只一杯酒一餐食，萬事拋卻腦後，忘憂忘愁，於夜消解白日悲喜，平凡一天至此結束。

這大抵就是「四方食事，不過一碗人間煙火」。

茜雀的年會定在本週末，兩天一夜，地點在一家度假山莊，飯店裡還有溫泉，算是公司給員工們的福利。

週五晚上宋青青約了江蓁逛街，說原先準備的高跟鞋有些磨腳，想去換一雙。

從鞋店出來，兩人正要往女裝區走，江蓁突然停下。

「怎麼了？」宋青青問她。

江蓁的視線落在某男裝品牌的海報上，上面的代言人是某位正當紅的男演員，穿著一件薑黃色的夾克外套，英俊又瀟灑：「青青，陪我去逛逛男裝唄。」

宋青青順著她的視線看去：「要幫妳男朋友買衣服啊？」

江蓁笑著點點頭，她剛剛一眼看見就覺得這件衣服會適合季恆秋，他衣櫃裡都是單調的黑白灰，也該多兩件別的顏色了。

「走唄。」宋青青挽住她手臂，「我上次和婷姐逛街她也這樣，理解妳們這些有夫之婦。」

最後江蓁自己一件也沒買，倒是幫季恆秋買了一件外套和一件襯衫，還挑了幾條領帶。襯衫和領帶是她的私心，她喜歡看季恆秋打扮得人模狗樣，但季恆秋穿正裝的次數屈指可數，平時也是怎麼隨意怎麼來。

江蓁想著要是她買的，季恆秋肯定會常穿吧。

拎著購物袋回到家，季恆秋還在酒館，週五客人多，看來不到凌晨不會回來。明天早上要出發去度假山莊，江蓁收拾完自己的行李，累得手都抬不起來，洗完澡鑽進被窩，沒多久就沉沉睡去。

第二天她被季恆秋叫醒，今天是個陰天，隔著窗戶也能聽見屋外寒風呼嘯。

江蓁打了個哈欠，睡眼惺忪地問幾點了。

季恆秋幫她把要穿的衣服拿到床頭櫃上：「八點，妳不是說九點出發嗎？」

江蓁拎起被子翻了個身：「再睡十分鐘，青青來接我，還早。」

這一閉眼再睜開，半個小時就過去了。

江蓁一邊尖叫一邊手忙腳亂地起床洗漱，季恆秋早就見怪不怪。

「你怎麼沒再叫我啊！」

季恆秋摸著胸口：「天地良心，我叫了妳三次，妳都不理我，我還以為妳心裡有數。」

江蓁欲哭無淚，昨晚逛街又收拾了行李，身體疲憊睡得太沉。

所幸宋青青似乎也睡過了頭，和她說路上塞車可能會晚些到。

度假山莊離市區要近兩個小時，季恆秋切了點水果給她們帶著路上吃。

江蓁坐在餐桌旁吃早飯，瞥到沙發上的紙袋才想起來還沒告訴季恆秋新衣服的事。

她兩口喝完碗裡剩餘的粥，興奮地起身拉著季恆秋到客廳裡去。

季恆秋不明所以，問她：「怎麼了？」

江蓁邊走邊摘了他身上的圍裙，推著他到沙發前，指著那堆袋子說：「看看看看，買了新衣服給你！」

季恆秋指著自己，有些意外：「買給我的？」

江蓁點點頭，從袋子裡拿出外套，獻寶似的舉到他面前：「登登登登，怎麼樣？好看吧？」

沒聽到回答，以為是他過於驚喜激動到失言，江蓁放下手，看到的卻是季恆秋凝滯住的表情。

「怎麼了？」江蓁有些無措，「不喜歡啊？」

季恆秋扯了扯嘴角：「喜歡，但是……」

「但是什麼？」

「嗯……」季恆秋不知道怎麼開口，頓了半天說，「換個顏色吧，還有別的顏色嗎？」

江蓁把衣服遞給他：「你要不先套上試試看？這種薑黃色你穿著應該不錯啊，海報上男模穿的就是這個，很帥的。」

季恆秋推開她的手，神情帶著抗拒：「不用了。」

江蓁還想再爭取一下：「你不能總是黑白灰啊，多穿點別的顏色嘛，肯定好看，試試吧。」

「不用了。」季恆秋沉下聲音，「這個顏色不好看，我不喜歡。」

江蓁嘴角的弧度一點一點消失，她垂眸看著手裡的外套，自嘲地笑了一聲：「我為了找這家店逛了兩層樓，走得腳都痛了，歡欣雀躍地拿給你看，你連試一下都不願意嗎？」

季恆秋抿著唇不說話，本就不善表達，這種時刻更是語塞詞窮。

江蓁是個一點就著的暴脾氣，季恆秋的反應讓她怒氣飆升，一甩手把夾克扔到他身上，說話跟炮仗似的：「發票在袋子裡你去退了吧，知道了，以後不會再心血來潮幫你買了。」

她回房間拿自己的包和行李，傳訊息催宋青青。

「江蓁。」季恆秋跟過來，似乎想說什麼。

江蓁低著頭不看他，兩個人僵持著站在門口。

醞釀了半晌，季恆秋乾巴巴地說了一句：「妳別生氣。」

絲毫不起作用，甚至火上澆油，江蓁推了他一把往外走。

看著她拿了外套要換鞋，手邊是一個大行李箱，季恆秋突然心慌了，好像她這一走就不會再回來。

他伸手去抓江蓁的手臂，被一把甩開，打在右手的傷口上，季恆秋吃痛「嘶」了一聲。

平時睡覺都要小心再小心，就怕一不留神碰到這隻手，現在江蓁在氣頭上，眼睛瞟都沒瞟一下。

季恆秋心都絞在了一塊，疼得眉頭緊鎖，加重語氣又喊了一遍：「江蓁！」

這次江蓁停下了腳步，回頭看向他。

季恆秋深呼吸一口氣，腦子裡都是亂的，語無倫次地開口說：「我曾經有過一件黃色的棉襖，很暖和，我穿了一整個冬天。小桉哥馬上就要升學考，所以方姨特地做了黃色的外套，口袋是灰色的，說這樣寓意好。小桉哥偷偷和我說他覺得這件衣服很醜，但是他也一直穿著。他是孝順，我不一樣，我就這麼一件厚衣服，我沒得挑。」

他一口氣說完一長段話，沒有重點沒有邏輯，江蓁聽得一頭霧水，不理解他想表達什麼。

手機鈴聲響起，樓下有車在按喇叭，是宋青青到了。

江蓁掛了電話，抬頭說：「我要走了。」

季恆秋點了點頭。

江蓁走之前又看了他一眼，嘴唇動了動卻不知道說什麼。

門開了又關，「咔噠」一聲落鎖。

季恆秋長長吐出一口氣，緊握的拳頭緩緩鬆開，手背冒起青筋，背上也是一層冷汗。

他扶著牆大口大口呼吸，像是每一次噩夢驚醒後的餘波。

他又看見了紅色的雨，傾盆而下，腥甜而黏膩。

他無數次溺亡在紅色的漫天大雨裡。

季恆秋很少會夢見那一天的場景，反覆出現在眼前的是一場猩紅大雨。

他被困在黢黑的森林裡，血腥味壓抑地人喘不過氣，怎麼往前走都找不到出口，雨點砸在身上冰涼刺痛。

夢醒的時候他需要緩很久才能讓意識重新清明，有的時候也害怕自己會永遠沉淪在這樣的情景裡，死都死不安生。

人是會被硬生生逼瘋的，季恆秋痛苦地想。

如果那天他沒有反抗，沒有拎起椅子砸在季雷身上徹底激怒他，沒有奪門而出，沒有逃到街口的網咖躲著。

只是像往常的每一次一樣挨完打讓他出完氣，也許後面的一切都不會發生。

可悲劇就是這樣血淋淋地上演，在所有人承受範圍之外。

救護車急促鳴響，紅藍車燈晃得他睜不開眼睛，季恆秋擠過人群，他只匆匆看到了一眼就被旁邊的大人蒙住眼睛。

季雷被銬上手銬按著肩膀帶上警車，擔架上的人臉部血肉模糊，身上穿著和他一樣的黃色棉襖。

季恆秋聽到方姨嘶啞慟哭，聽到周圍議論紛紛，他雙腿發軟呼吸困難，那一幕刻在腦海裡反覆鞭笞他的血肉。

莫桉沒有搶救回來，法醫判定說他被推倒的第一下就已經造成了致命傷，後腦撞擊路燈的鐵杆，當場昏厥過去，所以之後也沒有反抗。

季恆秋聽到這個消息，心裡想的是幸好，季雷的拳頭很疼，幸好他已經感覺不到了，他受的痛苦沒有想像的多，老天爺真是殘忍又溫柔。

季雷清醒之後沉默很久，罪責全部認了，沒有申請辯護律師，只是問了一句會判死刑嗎。

酗酒的暴徒，不幸的學生，一場意外記錄在文書上不過寥寥幾頁，有的人卻需要用一輩子走出那個夜晚。

路燈下的血跡清洗乾淨，紛擾之後，巷子裡又恢復如常。

方姨全家搬走的那個下午，季恆秋也去了。

瘦高的少年躲在牆後，隆冬臘月只穿著一件單衣，凍得瑟瑟發抖。

方姨憔悴了很多，鬢角白髮叢生，臉上沒有一點血色，被人攙扶著勉強站穩。

他們不經意的對視上，隔著幾十公尺的距離，季恆秋驚了一下原本想逃走，卻被她的眼神釘在原地。

她是知道的，季恆秋眼眶酸澀。

她在用眼睛告誡他，你一定無法好好活著。

貨車揚長而去，那天是正月十四，寒風凜冽像刀割，夏岩找到季恆秋的時候他手腳凍得僵硬。

「你這小孩，跑來幹嘛？冷不冷？」

十四歲的孩子，被他用大衣包裹住，顯得那麼單薄。

季恆秋半闔著眼，意識模糊，只一遍遍呢喃著一句「對不起」。

季雷鋃鐺入獄，他卻畏罪潛逃。

方姨的那一眼把他釘在了十字架上，從此不敢抬頭望郎朗白日，活著的每一秒都是偷生。

二十年過去了，他不敢分享自己的痛苦。

他只是希望這件事永遠爛在心底，慢慢淡出記憶，然後他就可以像個普通人一樣生活。

可為什麼這麼難呢？

從回憶中剝離，季恆秋回到客廳，想彎腰撿起地上的薑黃色外套，蹲下身子卻忽地站不起來。

膝蓋磕在瓷磚上，季恆秋捧著外套，領子是一圈絨毛，暖和柔軟，他再也撐不住，掩住臉龐低聲嗚咽。

一路上江蓁嘆了無數聲氣，手機拿了又放下，一副心事重重的樣子。

宋青青關心道：「怎麼啦？出來玩還不開心點。」

江蓁又嘆了一聲氣，煩躁地抓了抓頭髮：「出門前還吵了一架，煩死我了。」

宋青青看了她手邊的紙袋一眼：「一大清早起來幫妳準備水果，保溫杯裡泡好咖啡，妳還和他吵架啊？」

江蓁太委屈了：「是我想和他吵嗎？誰知道他突然怎麼了。就昨天那條外套，我早上拿給他看，他不喜歡說想換個顏色。」

宋青青猜道：「所以妳不高興了？」

「我沒有啊！」江蓁皺著眉，不悅全寫在臉上，「我就想讓他先試試，萬一穿上效果不錯呢，可是他怎麼都不肯，說不喜歡不好看，怎麼這麼倔呢，試一下會掉塊肉嗎你說？」

宋青青認同地點點頭：「是他不對！男人嘛，有的時候心思妳也猜不到，別想了妳就，好好玩兩天。」

到現在還沒傳訊息來，江蓁把手機扔進包裡，調大車裡的音量按鈕，讓動感的節奏趕走煩亂的情緒，一揮手道：「不管了，隨他去吧！」

到了度假山莊，有同事想四處逛逛，宋青青和江蓁選擇先睡個午覺，養足精氣神。年會在晚上六點開始，下午睡醒後她們開始梳妝打扮。

像茜雀這樣的美妝品牌，員工大多都是年輕女孩，難得能穿上禮服，一個個自然是精心打扮，爭取在晚上豔壓群芳。

江蓁拿著眼影盤上眼妝，時不時分神瞥手機一眼。

宋青青看穿她的心思，問：「還沒找妳呢？」

江蓁撇撇嘴：「找過了，中午問我到了沒，然後就沒聲了。」

宋青青笑著搖了搖頭。

化完妝換好禮服，江蓁往手腕上噴了兩泵香水抹開，溫柔馥鬱的花香，因為季恆秋說喜歡她就再沒換過。

她挑的是一件小黑裙，一字肩抹胸款，款式簡單但不乏小心機，下擺的紗裙上點綴著紅色玫瑰刺繡，配上她一頭亮眼的紅棕色長捲髮，不喧賓奪主反而錦上添花。

江蓁原地轉了一個圈，張開雙臂問宋青青：「怎麼樣？」

宋青青正在抹口紅，她的禮服是豆沙綠色，襯得她膚白貌美，氣質絕佳：「漂亮漂亮，傾國傾城。」

江蓁滿意地點點頭，把手機遞給宋青青：「幫我拍兩張。」

宋青青接過手機：「要發社群啊？」

江蓁仰著下巴擺好姿勢：「對，我要讓他看看我今晚有多漂亮，我急死他。」

宋青青偷偷翻了個白眼，嘴上卻很捧場地附和道：「肯定急死，妳今晚不被要好友我吃屎。」

江蓁被這話取悅，換了個姿勢：「妳也要把握，我聽說研發部有個帥哥。」

年會對於有的人來說是一次大型聯誼，對於江蓁這等不熱衷於社交的人，就是找個安靜的角落吃東西。

每個部門都要出一個節目，于冰自告奮勇上去唱歌，其他部門還有講相聲的，會客廳裡觥籌交錯，氣氛熱鬧。

除了陶婷喊她們和行政部的梁總打了個招呼，宋青青和江蓁一直在沙發上喝酒聊天。桌上的紅酒快被她們承包了，宋青青偷偷告訴江蓁那瓶最貴，就挑這個喝。

酒意醺紅臉頰，江蓁撐著腦袋，興致缺缺地搖晃著高腳杯，偏偏這樣慵懶的姿態吸引了目光，好幾位男性來找她要聯絡方式，江蓁統統委婉拒絕，藉口說自己手機沒帶在身上。

有態度比較執著的，她應付不過來，想找宋青青求助，卻見她也自顧不暇。

只能硬著頭皮給了，什麼部門什麼職位對方都知道，不給也能找人要到。

不過很快這個角落就再也沒有人光顧，茜雀的總裁徐臨越身著深色禮服，三十六歲的男人氣質沉穩，端著一杯香檳款款走來。

他往這一站，其他人都不敢過來了。

徐臨越和江蓁笑著點了下頭算是打過招呼，看向宋青青問：「妳 leader 呢？」

舞臺上有人唱了首 Rap，音樂聲吵鬧，宋青青沒聽清楚，耳朵往前湊了湊：「啊？你說什麼？」

徐臨越沉下臉色，壓低聲音說：「我問妳小舅媽呢！」

「哦哦哦，好像去和梁總說話了。」

「行。」徐臨越瞥了桌上的酒瓶一眼，叮囑道：「少喝點酒。」

宋青青瞇著眼睛笑，打發他走：「知道了知道了，去找你老婆。」

等徐臨越一走，江蓁眼冒桃心，忍不住感嘆道：「他們好甜啊，寸步不離！」

宋青青嘿嘿笑：「平時在家裡更黏。」

機會難得，江蓁趕緊八卦：「怎麼黏，他們到底怎麼交往的？」

宋青青搖頭晃腦說了八個字：「十年情緣，終成正果。」

江蓁瞪大眼睛：「十年？怎麼個十年啊？誰追誰啊？徐總追婷姐？」

宋青青及時打住：「好了好了，多的不能說了，想知道妳自己去問婷姐。」

江蓁晃著她的手臂，哀求道：「妳就和我說說唄說說唄。」

「啊啊啊啊啊啊！」于冰突然尖叫著衝過來坐到她們中間，抬起桌上的酒杯灌了一大口。

江蓁看她慌慌張張的樣子，問：「怎麼啦？看見誰了？」

于冰撫著胸口順氣，擺擺手說：「尷尬死我了！這個世界上除了劉軒睿居然還會有男的穿紫色西裝！」

宋青青催她：「妳快說！」

于冰抬手指了個方向：「我剛從舞臺上下來，看見個男的以為是劉軒睿，差點上手拍人家屁股了，救命啊！他回頭看我一眼我尷尬到窒息！」

宋青青捂著肚子哈哈大笑，江蓁也跟著笑，她舉起酒杯晃了晃，抬眸那刻不知想到了什麼，整個人突然僵住。

「于冰，妳剛剛，說什麼？」

于冰以為她沒聽清，重複道：「我說剛剛有個人也穿了紫色西裝，我認錯人，把他當成劉軒睿了。」

「對。」江蓁低著頭兀自嘀咕，「對，認錯人了。」

宋青青和于冰面面相覷，不知她怎麼了。

「認錯人了，認錯人了。」江蓁念叨著，胸腔裡堵了塊石頭，壓著她的氣管，她的每一下呼吸都覺得沉重，「是認錯人了呀。」

宋青青擔心她：「江蓁，妳沒事吧？」

江蓁無助地抓著她的手臂，手指收緊，眼眶裡已經蓄滿了淚，一瞬間哽咽道：「怎麼辦啊，他該有多難過。」

她現在才明白，出門之前季恆秋那段話是什麼意思。

為什麼他會在方姨面前這麼低聲下氣，為什麼那箱衣服他不丟不扔只是藏在衣櫃的角落，為什麼這段時間他會不開心，為什麼他會這麼抗拒那件薑黃色的外套。

——「……後來方姨每次做衣服都做兩件，一件給她兒子，一件給我。」

——「我曾經有過一件黃色棉襖，很暖和，我穿了一整個冬天。」

——「小桉哥馬上就要升學考，所以方姨特地做了黃色的外套，口袋是灰色的。」

——「他一直穿著，他是孝順，我不一樣，我就這麼一件厚衣服，我沒得挑。」

一件一件事連接成串，隱藏的真相逐漸清晰，江蓁恍然大悟。

——莫桉不是隨機挑中的倒楣蛋，他是被錯認的季恆秋。

二十年前，死於那個冬夜的人原本應該是他。

所以他自責，他痛苦，他在死者家屬面前卑躬屈膝，他不敢觸碰任何有關過去的事物。

季恆秋看著自己把白色桔梗放在路燈下的時候，在想什麼？

江蓁捂著臉泣不成聲，心裡被挖空了一塊，她不停喃喃自語：「他該有多難過啊，他該有多難過。」

第二十三杯調酒

臥室裡一片漆黑，季恆秋不知道自己睡了多久，喉嚨口緊澀，他舔了舔乾裂的嘴唇，掀開被子起身下床。

瞥了手機一眼，已經晚上八點了，他從下午開始睡，斷斷續續做了好幾個夢，現在醒來又都不記得，腦袋運轉得很遲緩。

家裡空空蕩蕩，季恆秋倒了杯水，大口喝完才覺得終於清醒了一點。

除了程澤凱傳來幾則訊息，其他都是應用軟體的通知，季恆秋匆匆掃完通知列表，關上手機扔在一旁。

腦子裡亂糟糟的，土豆「汪汪」叫了兩聲，他才想起還沒伺候小祖宗吃飯，趕緊起身去廚房。

今天是自己疏忽了，季恆秋多拿了一盒罐頭當作補償，他正往碗裡倒凍幹肉，土豆晃著尾巴跑進廚房咬他褲腳管。

「好了好了。」季恆秋揉揉它腦袋，把碗放到地上，「吃吧。」

土豆不動，仰著頭吠了兩聲。

他們無法交流，但保持著一種奇妙的默契，季恆秋意識過來，問：「有電話啊？」

土豆又「汪」了一聲。

季恆秋快步走到客廳，手機調了靜音模式，這時螢幕閃爍，還真有人打了電話過來。

這個時間通常不會有人找他，除了……

季恆秋眼皮一跳，飛快彎腰撿起手機，看見備註是「乖寶」，他呼吸收緊，慌慌張張按下接聽放到耳邊。

他張口的聲音有些發抖：「喂，江蓁。」

電話那頭沒有回應，但能聽見輕微的呼吸聲。

又等了一下還是不出聲，季恆秋拿下手機看了螢幕一眼確認她還沒有掛斷，小心翼翼地問：「怎麼了？」

『季恆秋。』江蓁喊他。

「嗯，在呢。」

聽筒裡是她的吸氣聲，像是在忍著情緒，江蓁說：『我好想你。』

兩人分別不過十餘個小時，這一句想念她說得很輕，含著不知名的委屈和訴苦。

季恆秋捏緊機身，肅著聲音問：「怎麼了？遇到什麼事情了？被人欺負了？」

江蓁抽泣了一聲：『沒有，我就是想你，特別想。』

「……」季恆秋撈起外套，換鞋準備出門，「還在飯店嗎？我馬上來接妳，等我。」

右手的傷口還沒完全癒合，他開不了車，在路邊攔了一輛計程車，司機一聽目的地這麼遠擺擺手說去不了。

季恆秋說可以付雙倍的價格，司機一看他著急忙慌的樣子，才點點頭勉強同意。

大晚上的又是要去郊外的度假山莊，司機大抵誤以為他這是要千里捉姦，不用等他催就油門踩到底，一路疾馳而去。

一個小時後，計程車在度假山莊門口穩穩停下。

付錢時，司機看向季恆秋，冷不防地來了一句：「小夥子，人生還長，沒有什麼過不去。」

季恆秋雲裡霧裡地點頭和他道謝，打開車門下了車。

夜已深，度假山莊卻像一顆遺落的鑽石，在夜色中金碧輝煌閃閃發光。

季恆秋大步流星邁上臺階，剛抬眸就看見有個人影朝自己飛奔過來。

他張開手臂穩穩接住，熟悉的馨香撞了滿懷。

江蓁身上只穿著一件抹胸禮服，季恆秋摸到她冰涼的手，半責怪半心疼地說：「穿成這樣在這等我？想凍死嗎？」

江蓁不說話，只是拚命往他懷裡鑽。

旋轉門漏風，門口的溫度比大堂裡低，她站了一下就冷得發抖，又想能快點看到季恆秋，硬生生忍著，白皙皮膚下青紫血管清晰可見，臉蛋凍得僵硬，說話都不太流暢。

季恆秋脫下大衣裹在她身上，攬進懷裡帶進了飯店。

江蓁原本和宋青青住在一間，季恆秋去前檯又開了間房。

拿完房卡乘電梯上樓，兩人沉默著到了房間門口。

這個時候腦子都是不清楚的，暈的，一切發生的太快了，過去一個小時裡他們做的事情近乎瘋狂。

季恆秋在江蓁身上聞到了酒味，仔細看她的雙頰和眼尾都是紅的，是醉酒的跡象，她應該喝了不少。

中央空調掃出熱風，熱水壺開始燒煮，季恆秋走到江蓁面前，半蹲下身子，牽著她的手塞進衣擺。

冰涼的指尖觸到肚子上的皮膚，季恆秋反射性縮了一下，咬牙忍著不適把她整隻手貼上去，用體溫一點一點捂熱。

其實江蓁已經哭過了，她不愛掉眼淚，但是一哭就停不下來，在打電話給季恆秋之前她就緩了好久的情緒，還去廁所補過一次妝。

但這時她又想哭了，鼻子一酸眼前就濕漉模糊。

季恆秋聽到她吸鼻子，抬起頭摸摸她的臉：「怎麼了？到底誰惹我們乖寶不開心了？」

江蓁傾身圈住季恆秋的脖子，額頭磕在他的肩上：「如果我有超能力就好了。」

季恆秋失笑，摸著她的頭髮：「要超能力幹什麼？」

「我想穿越時空。」江蓁語不著調地說：「我想抱抱十四歲的你。」

一句沒頭沒尾的話，季恆秋卻倏地僵在原地無法動彈。

難道江蓁都知道了？他如驚弓之鳥，惴惴不安地猜測。

早上的那段話是情急之下的口不擇言，他當時急於解釋，說完才感到後悔，同時又僥倖地想江蓁應該不明白那是什麼意思。

畢竟這太戲劇化了，老天爺太會挖苦人。

季恆秋鬆開手，垂眸迴避江蓁的視線，不想在她的眼睛裡看到自己害怕看見的東西。同情、憐憫、試圖理解和感同身受，他不想看到這些。

江蓁想去牽他，被季恆秋躲開。

「恆秋……」她有些委屈地喊他。

季恆秋站起身往後退，問她：「妳猜到了是不是？莫桉到底是為什麼死的。」

江蓁以沉默作為回答，她想上前抱他，被季恆秋伸出一隻手攔住。

他突然的冷漠在江蓁的預料之外，她慌了，笨拙地提醒他：「你說好有什麼不開心都要和我說的。季恆秋，和我說是沒關係的，你的一切，好的壞的，都可以告訴我。」

「怎麼告訴妳？」季恆秋壓著舌根反問。

他脫下上衣，指著布滿全身猙獰的疤，一字一句花了泣血的力氣：「我要怎麼告訴妳，光是打留不下疤，那些瘀青告到派出所根本不起作用，這些疤，是我自己用刀劃的。疼到麻木是什麼感覺妳知道嗎？我一邊劃一邊想，命大活下來我就可以去驗傷，再報警把季雷送進監獄，要是這麼失血死掉，那更好，活著太累了。」

季恆秋像是一頭走投無路的困獸，痛苦地低吼，把自己潰爛的傷口重新撕開，鮮血淋漓地捧給心愛之人看。

「我要怎麼告訴妳，妳在哀悼的人是我害死的，妳放下花的位置原本是我的墓碑？」

「我要怎麼告訴妳，陸夢說的沒錯，夏俊傑說的也沒錯，我就是一個陰暗的瘋子，我可以眼睛不眨地自虐，我流著我爸的血，我也會成為一個暴力狂。」

季恆秋的肩一點一點塌下去，最後無力地跪倒在地毯上，他嗓音喑啞，像是在自言自語：「一開始不說，是怕妳像陸夢一樣對我避而遠之。可是後來妳護著我，擋在我面前，替我出氣，妳對我那麼好，我更不敢說了。我怕妳要我釋懷，怕妳可憐我，怕妳把我拉到光下。直視過去我做不到，太痛苦了，我只會逃避。我只要妳愛我，愛我就可以了，把我當作一個正常人一樣愛我。」

「我只是想要這樣。」

江蓁深吸一口氣，再緩緩吐出，反覆做了好幾遍才壓住心頭的刺痛。

季恆秋往自己身上扎刀，疼的是兩個人。

她伸出手想去碰他，舉到一半又收回。

季恆秋在發抖。他脆弱得像一碰就會碎。

「季恆秋，你高看我了。」江蓁輕輕啟唇，語氣平靜而肯定，「我不是天使，我沒那麼偉大。」

季恆秋緩緩抬起頭，江蓁穿著優雅禮服，精心打扮過後明豔動人，她跪在他的身前，像是墜落人間的玫瑰，是熱烈的火焰，是浪漫的星辰，是明亮的燭光。

她是季恆秋所能想像的一切美好的代名詞。

字斟句酌的是詩歌，真正的情話不需要編排，江蓁說的就是心裡想的：「我不是來拯救你的，我沒有任務、沒有責任，喜歡你所以才靠近你，愛你所以才和你在一起。你想在光下我為你遮太陽，你喜歡雨天我們就躲在家裡不出門。累了和我擁抱，煩惱和我接吻，難過的時候和我做愛。怪物也好正常人也好，我們都要相愛，我們要愛很多年。」

江蓁捧著季恆秋的臉，安撫他的顫慄，親吻在他的眉骨和唇角：「我的小福星，我好不容易才遇見你。」

她的唇齒間彌留著紅酒的香氣，臉上紅暈未退，無比堅定地說：「也許我現在是醉的，但明天醒來我一定比現在更愛你。」

季恆秋的視線變得朦朧，淚水沿著臉頰滑落砸在手背上。

江蓁長得漂漂亮亮，行為做事也不算成熟，發起酒瘋來更是翻天覆地。

但這會她伸出手輕輕拍在他的背上，季恆秋的心突然落回了實處。

——他前所未有的心安。

在戀人的臂彎裡，他穿過漫天的粉白花瓣，找到那雙初見時就淪陷的眼睛。

那裡清澈透明，赤忱無畏，他只看見了洶湧的愛意。再無其他。

寒風吹得窗戶晃動作響，後半夜下起了雨，淅淅而落。

屋內燥熱，落地窗上蒙了一層水霧，模糊窗外的夜景。

黑裙掛在沙發背上，裙擺散開像一泉瀑布，季恆秋叼著菸，數上面有幾朵玫瑰。

腰上搭了條手臂，江蓁拱著腦袋趴到他身上，眨著眼睛問：「事後一根菸真的很爽嗎？」

季恆秋笑了笑，把菸放到唇邊吸了一口。

江蓁仰頭去吻他，趁他嘴裡還含著煙，唇齒交纏，對方的氣息渡了過來，她被嗆得咳嗽了兩聲，那味道並不好。

「人是不是都要有樣癮。」江蓁望著天花板，突然感慨起來，「菸、酒、虛擬的遊戲世界、金錢美色、權利名聲，是不是每個人都要沉迷一樣東西。」

季恆秋不說話，掐滅菸頭，把她攏進懷裡用被子蓋好。

江蓁戳了戳他腰側的肉：「我好像有新的癮了。」

「巧了。」季恆秋抓住她不安分的手，穿過指縫牢牢扣住，「我也是。」

江蓁好奇，問他：「什麼？」

季恆秋用嘴型對她說了兩個字。

江蓁臉上一臊，抬腿踹了他一腳，氣急敗壞地控訴：「我和你說了那麼一長段話，感情你就聽到這兩個字是吧！」

季恆秋啞口無言，他有這麼說嗎？他只是單純的有感而發。

憑著體型優勢，季恆秋輕而易舉把江蓁整個人掌控在懷：「那妳呢，妳的癮是什麼？」

江蓁斜眼看他，抬起下巴說：「我很純潔，我就是想和你待在一起。」

季恆秋失笑，原來是他格局小了，學到了。

兩個人身體都是疲憊的，來回折騰再加一場過癮的性愛，早耗乾力氣了，但又都不想睡，腦子裡擠占了太多東西，要慢慢消化，慢慢理完。

過了一下，季恆秋想起什麼，開口說：「我來的時候，司機可能以為我是來捉姦的，但現在看，我更像是來偷情的。」

江蓁閉著眼勾了勾嘴角：「我們真是絕了。」

是絕了，說出去都怕被人笑，一個語焉不詳地打了通電話，一個關心則亂馬不停蹄地趕了過來，剖心挖肺終於說開，然後又不知誰先纏上誰，在親密行為裡發洩所有堆積的情緒。

在腦子裡把今晚發生的一切重新回想了一遍，江蓁扯著被子蒙住臉，突然間害臊了，那些話也就是當時能說得出口，現在清醒過來，覺得太羞恥了，想從腦子裡刪除這段記憶。

季恆秋卻不這樣認為，他恨不得反覆咀嚼回味，甚至已經偷偷記在了備忘錄上，生怕自己有一天忘了。

還能留著將來說給兒女聽，他們爹媽的故事不說多轟轟烈烈，但也夠跌宕起伏的。

關了壁燈，黑夜沉寂，只有雨滴聲淅淅瀝瀝，房間裡殘留了很多種味道。

「我決定戒菸。」季恆秋在黑暗裡宣布道。

江蓁懶懶「嗯」了一聲：「戒吧。」

「妳也戒酒。」

江蓁睜不開眼，隨口附和：「好，戒。」

「我們要長命百歲。」季恆秋用下巴蹭了蹭江蓁的頭髮，「我們要有很多很多年。」

應完最後一聲「好」，江蓁在他懷裡安然入睡。

雨總是一下一整夜，明天大概是陰天，會有霧。

季恆秋聽到江蓁的呼吸聲漸漸綿長，他輕輕吻在她的額頭，啞聲道了句：「晚安。」

心結纏繞，也許一輩子也解不開，他聞到血腥味會胸口發悶，他不敢去監獄探望季雷，他看到身上的疤痕還是充滿厭惡，他不敢想起莫桉和那個冬夜。

他依舊在黑暗中，不知道還要多久才能走出猩紅大雨。

但是季恆秋再也不懼怕黑暗了。

他有他的光。

小小一束，足夠溫暖。

他一定要好好活下去。

江蓁設了鬧鐘準時醒，她的行李都在樓上房間，沒有其他衣服可穿，她套了件季恆秋的大衣，趁著大清早沒人偷偷遛回房間。

倒真像偷情去了，這衣衫不整鬼鬼祟祟的模樣。

昨晚她藉口身體不舒服早退了，年會應該結束得很晚，宋青青還在睡覺。

江蓁輕手輕腳地收拾好東西，留了字條給她說自己先走了。

回到房間換完衣服，季恆秋已經起床了，她也沒了睏意，兩個人索性下樓吃點早飯再走。

江蓁是真沒想到能在這個時間遇到同事，天將大白，剛過七點而已。

于冰還是穿著昨晚的禮服，眼下泛青，從吧檯上拿了杯咖啡，顯然是一夜未睡。

「喲，蓁姐，怎麼早就起了？」她打了個哈欠，把假睫毛從眼皮上摘掉。

江蓁皺起眉，略有些不滿地問她：「妳一晚去幹嘛了？通宵了？」

于冰又是一個哈欠：「我們在房間裡打遊戲，剛剛結束，我餓了下來找點吃的。」

江蓁搖搖頭，叮囑她多注意身體。

于冰「哦」了一聲，看她一副欲言又止的表情，江蓁把她手裡的咖啡換成果汁，說道：

「有話就說。」

「姐。」于冰湊到她耳邊，壓低聲音說：「妳昨天是不是和姐夫吵架啦？」

江蓁摸了摸耳垂：「啊，算是吧。」

「那妳也不應該那個啊，人一衝動就會幹傻事，以後妳可別了啊，昨晚喝多了是不？」

江蓁懵了：「什麼啊，妳說什麼啊，什麼那個？」

于冰拍拍她的肩：「妳放心，我不會說出去的，但妳下次別再這樣了。」

江蓁臉上擺滿問號：「啊？哪樣？」

于冰推了她一下，著急地跺腳：「就昨天晚上啊！妳和一個男人開房了，劉軒睿看見了！和姐夫吵架了妳也不應該啊！」

江蓁終於反應過來，又無語又覺得好笑，這都什麼想像力啊。

她拉著于冰的手指了個方向：「看到沒？那邊坐著的，妳姐夫。」

于冰張大嘴巴，後退一步對江蓁連連鞠躬：「對不起對不起，姐我誤會妳了，是我狹隘了！」

江蓁受不住，扶住她讓她趕緊回房間補覺。

飯店的早餐是自助式的，長桌上擺滿了食物，季恆秋吃的簡單，清粥小菜，典型的亞洲人胃。

江蓁早起沒什麼胃口，要了杯牛奶拿了兩片烤吐司。

端著餐盤回到桌邊，她習慣性拿起手機，瞄到上面的新訊息呼吸一緊。

江蓁眨眨眼睛整理好表情，裝作淡定地放下手機，抬起杯子喝了口牛奶。

她把耳邊的頭髮夾到耳後，心虛地抬眸瞥了季恆秋一眼。

視線猝不及防撞上，江蓁心中警鈴大作，先發制人地問：「看我幹嘛？」

季恆秋一邊剝著水煮蛋，一邊用雲淡風輕的語氣說：「研發部潘承，昨晚剛認識的？」

他也不是故意看的，一連傳來五六則，手機「叮叮叮」響，季恆秋以為是有什麼急事才拿起看了一眼，誰知道撞上了一個正覬覦自家老婆美色的，說的都是什麼亂七八糟的話。

江蓁咬了咬唇角，老實交代：「他一直纏著我，我真的沒辦法了才加的，我現在就把他拉黑。」

「不用。」季恆秋把剝好的蛋放進江蓁盤子裡，十分周到地說：「同個公司的，拉黑人不好。」

他的語氣怎麼聽都涼涼嗖嗖的，江蓁打了個寒顫，飛快打字回覆潘承。

──『不好意思我有男朋友了！』

江蓁把手機遞給季恆秋看，像個要給老師檢查作業的小學生。

季恆秋淡淡瞟了一眼，忍著笑意冷酷地「嗯」了一聲。

「他有一句話說的倒是不錯。」季恆秋冷不防地開口。

「啊？」

季恆秋舀著甜粥，掀起唇角：「昨天晚上的禮服妳穿確實很漂亮。」

江蓁眯起眼睛：「怎麼?別人誇我你吃醋了？」

季恆秋不屑地輕呵一聲：「我醋什麼?妳不穿的時候更漂亮，只有我一個人看得見，我用得著醋這個？」

江蓁瞪大眼睛猛提起一口氣，在桌下狠狠踢了他一腳：「季恆秋，你他媽做個人吧！」

確實是解放天性了，季恆秋從昨晚開始整個人就是飄著的。

因為這一句話，之後江蓁單方面切斷了所有通話，理由是以防他又在公共場合發情。

吃完早飯兩人回樓上拿行李，也不知是這度假山莊太小還是生活太巧，他們在電梯門口迎面撞上剛下來的徐臨越和陶婷。

季恆秋不認識這兩個人，但也察覺到氣氛詭異，識相的一言不發，儘量降低自己的存在感。

陶婷先開口道：「早啊。」

江蓁笑著打招呼：「早婷姐。早，徐總。」

徐總回以和藹可親的笑，絲毫沒有被員工撞見私情的尷尬。

陶婷問：「男朋友來接妳啊？」

江蓁點點頭：「嗯！來接我！」

陶婷的目光在兩人身上轉了一圈，看破不說破，擦肩而過時附在江蓁耳邊悄聲道：「回頭分享個快速消印的方法給妳，明天上班注意一點，別和我一樣被同事看了熱鬧。」

江蓁整張臉脹得通紅，捂住脖子拽著季恆秋快步走進電梯。

「她和妳說什麼了？」季恆秋問江蓁。

江蓁瞪他一眼：「讓你別往脖子上啃，明天上班，我討厭穿高領！」

季恆秋扯了扯自己的衣領，喉結邊上一口牙印：「我也討厭穿高領。」

江蓁：「但你可以不上班！」

季恆秋想想也是：「我下次注意。」

越想越委屈，江蓁轉瞬間變了臉，吸吸鼻子，抹了把根本不存在的淚，可憐兮兮地說：「我能辭職回來當老闆娘嗎？」

季恆秋拍拍她的腦袋：「寶，女人要獨立。」

江蓁甩開他的手，神色驚恐：「你以前可不是這麼說的。」

季恆秋伸出手指向左平移，做了一個回拉時間軸的動作：「那重新來一遍。」

他故作深沉，壓低嗓音，深情款款道：「累了就回家，老公養妳。」

江蓁抱著手臂冷哼一聲，點評道：「虛情假意。」

季恆秋沒轍了：「那妳要什麼樣的？」

江蓁不回答，努努嘴問：「所以你之前只是哄我開心的，剛剛那句才是你內心的真實想法。」

季恆秋否認道：「沒有，我就是隨口一說，我巴不得妳辭職在家天天陪我。」

江蓁伸出手做了個打住的手勢：「不用說了，我懂。」

「妳懂什麼了？」

江蓁撇過頭去不說話。

「叮——」一聲，九樓到了，電梯門緩緩拉開。

季恆秋要去牽江蓁的手，被她躲開，封鎖後路地把兩隻手往衣服口袋裡一插。

「寶，男人要自強。」江蓁神情淡漠地說。

季恆秋總算明白什麼叫咎由自取，笑著搖了搖頭，快步追上江蓁，從背後把她整個人摟在懷裡。

「放過我吧。」季恆秋貼著江蓁耳朵求饒。

江蓁側過頭，露出不懷好意的笑：「你知道嗎，這樣的劫持姿勢最容易攻破。」

季恆秋靈魂一震，腦海裡閃過江蓁曾經的英勇畫面，以最快的速度鬆開手後退一大步，雙臂交疊做出防禦的姿態：「妳想幹嘛？」

江蓁勾了勾一邊的唇角，眼神裡暗藏危險的訊號，像是毒蛇嘶嘶吐著信子：「季恆秋，你猜我能不能過肩摔你？」

季恆秋往後仰了仰，拔腿就跑。

「季恆秋你他媽跑什麼！」

江蓁追上他，搭著肩膀跳到他的背上，季恆秋托住她的大腿穩穩接住，往上顛了顛。

「不跑等妳謀殺親夫啊？」季恆秋就這麼背著江蓁往房間裡走。

江蓁哈哈笑：「試試唄，我小時候這麼幹翻過我表弟，試試你行不行。」

季恆秋不以為然：「妳給表弟留個童年陰影，還要給老公再弄個成年創傷？」

江蓁開始耍招數，嗯嗯啊啊著拿腦袋蹭季恆秋，企圖用撒嬌擊潰敵軍防線。

季恆秋被磨得沒辦法：「行！試試。」

回到房間，江蓁立刻脫了外套，把袖子捋到手臂，腿架在沙發扶手上做拉伸。

季恆秋看她一副躍躍欲試的樣子，喉結滾了滾，為自己的生命安全擔憂：「妳來真的啊？」

江蓁伸長手臂往左右兩邊下了下腰：「放心，不疼。」

季恆秋怎麼也不太相信。

兩個人回到剛剛的姿勢，季恆秋從背後攬住江蓁的脖子，把她扣在懷裡。

江蓁十分體貼地給了預示：「來了啊我，你別躲。」

她舔了舔上唇，摩拳擦掌，正要集中全身力量到右腳抬腿開踹，右邊臉頰突然被輕輕一碰。

側過頭去，對上的是季恆秋含笑的眼睛。

她瞬間失去力氣，裡外都變得綿軟，捂著臉嗔怪道：「你親我幹什麼？」

季恆秋舉起雙手作投降狀，坦然承認：「不好意思，情難自禁。」

心裡的防線轟然坍塌，正當江蓁滿臉嬌羞不知如何作答時，腰上一緊整個人倏地騰空。尖叫啞在喉間，她被季恆秋攔腰拎起扛到肩上。

江蓁撲騰著雙腿控訴：「季恆秋你他媽不講武德！」

季恆秋帶著她往床邊走：「色字頭上一把刀，女俠，以後多留個心眼。」

跌進柔軟被窩，江蓁痛呼了一聲，正撐著手肘要起身，就被季恆秋跨坐著壓住。

他不費力氣就輕易牽制住她，江蓁挑了挑眉，明知故問：「想怎麼處置？」

季恆秋俯身吻在她鼻尖的痣：「饞了，過個癮。」

江蓁意思意思地反抗了兩下，就乖乖躺好不動了。

季恆秋問：「妳不應該守身如玉抵死不從嗎？女俠。」

江蓁熟練解開皮帶上的搭扣：「那是對惡賊，對英俊公子我們江湖人一般都以身相許。」

爸媽和睦對孩子的快樂成長起著重要作用，老闆和老闆娘的幸福恩愛對酒館來說同樣如此。

樓上重新裝潢後，多設置了個露天小陽臺，要是外頭天氣好，客人們可以選擇在樓頂用餐。

江蓁幫酒館創了個社群帳號，讓裴瀟瀟負責管理，平時經常上傳圖片，關注的粉絲已經有兩千了。

生意蒸蒸日上，可把財務總監周明磊高興壞了，連帶著陳卓最近的生活都逍遙不少。

小春喜歡研究甜點，江蓁沒事幹就和她在廚房搗鼓那些器具和烤箱，做了的蛋糕首先給程夏品嘗，可惜他爸管控著，每天只能吃一塊。

馬上要春節，店裡的植物都被江蓁換成了喜慶的年宵花和冬青。

季恆秋還在後院的花架上放了兩盆金桔，寓意大吉大利。

酒館從大年夜休到年初三，小年夜的晚上，大家一起提前吃了頓年夜飯。

今年不是季恆秋掌勺了，秦柏主力，小春打下手，做了一桌子扎實美味的好菜。

老闆和老闆娘為每個人準備了紅包，季恆秋出錢，江蓁想祝詞。

「祝我們程大哥好事成雙，錦上添花！」江蓁抬起杯子，和程澤凱碰了碰。

程澤凱聽出話裡的意思，笑著抿了口酒：「知道了，你們比我還急。」

「祝我們程夏小朋友健康成長，天天快樂！」

除了紅包，江蓁還偷偷塞了一盒巧克力藏在程夏的口袋裡。

程澤凱其實發現了，睜一隻眼閉一隻眼當沒看見。

「祝我們小周財源廣進，卓兒就早日暴富吧！」

周明磊和江蓁碰了杯，陳卓卻不滿意：「嫂子，我又不缺錢，妳祝我別的唄。」

「嘿。」江蓁樂了，「那你要我祝你什麼？」

陳卓提聲說：「祝我牛年桃花朵朵開！」

這話引來桌上其他人一片噓聲，儲昊宇吐槽他：「卓哥，算命的說你情路坎坷，就好好搞事業吧。」

裴瀟瀟附和道：「就是就是！」

儲昊宇說的算命的是店裡的常客，因為一年四季都穿短裙被他們取了個外號叫「南極麗人」。

麗人小姐喜歡看星座占卜，每次來都要跟他們說說近日運勢，神神叨叨的，有的時候說的還挺準。

陳卓不高興了：「聽她胡說，封建迷信要不得！」

江蓁一拍桌子：「你別說，她真的挺神的，上次她說我最近可能有意外收穫，我第二天早上就在車門旁邊撿到了一百塊錢！」

季恆秋猛地挺起身子：「妳撿到了？那是我丟的！」

江蓁失望地「啊」了一聲：「我還以為我發財了呢！」

正當大堂裡聊得火熱，木門被推開，風鈴清脆地響。

眾人循聲望去，見是一個年輕女孩，大概是沒想到今天不營業，她臉上的表情有些錯愕。

在氣氛陡然間冷下來時，程夏先開口喊道：「傅老師！」

江蓁這才認出來，這是他在補習班的老師，上次在醫院見過一面。

雖然僅僅過去幾個月，傅雪吟卻面目一新，本來的一頭黑長直變成了棕色的波浪捲，摘下了眼鏡，比從前少了幾分文靜，更顯年輕靚麗。

傅雪吟有些尷尬地揮揮手：「不好意思啊，你們繼續吧，我先走了。」

「欸別走啊！」陳卓伸手攔住人家，「小夏的老師？來吃飯的吧，一起啊！」

大家看向程澤凱，平時他最熱情慷慨的人，今天卻不知道怎麼蔫了，喝著酒不說話。

傅雪吟也看著他，沒有說好也沒有拒絕。

季恆秋踹了程澤凱一腳：「去歡迎歡迎人家啊。」

程澤凱這才清清嗓子，挑起一抹笑，說道：「妳要是不介意，一起吧。」

江蓁在她和程夏中間搬了張椅子給傅雪吟，看她束手束腳的樣子，莫名想起那天同樣無意中闖入酒館員工聚餐的自己。

「別拘束啊，想吃什麼就自己夾。」江蓁把新的餐具遞給傅雪吟。

傅雪吟朝她微笑道：「好，謝謝。」

有陳卓和儲昊宇這對活寶，再加小春和江蓁時不時地捧哏，飯桌上的氣氛一直很熱鬧，傅雪吟在這樣歡快的氣氛裡漸漸放鬆下來。

這群人很有趣，總是能把她逗得忍俊不禁。

傅雪吟不怎麼能吃辣，江蓁面前放了好幾道川菜，她吃了幾口就放下筷子不動了。

程澤凱的視線總是克制不住地往某個方向飄，片刻後他突然起身，把桌上的幾個菜調換了位置。

做就做了，偏還要欲蓋彌彰地說：「夏兒愛吃這個。」

江蓁心中了然，掩著嘴笑了笑，程夏愛吃什麼放哪都一樣，自然有旁邊的裴瀟瀟幫他夾菜。

原來外表看起來再成熟穩重的男人，在愛情面前也只是個笨拙的毛頭小子。

季恆秋夾了剁椒魚頭給江蓁，讓她少喝點酒多吃菜。

江蓁戳戳他手臂，湊到他身邊說：「你還記得上次店裡聚餐嗎，我偷偷把不愛吃的夾到你碗裡。」

季恆秋點了下頭：「怎麼了？」

江蓁嘿嘿笑了一聲：「你現在已經知道我愛吃什麼了。」

季恆秋捏捏她的手背，又夾了一筷清炒茼蒿給她。

江蓁看著碗裡綠油油的蔬菜，放平嘴角板著臉：「我收回剛剛的話，你不知道。」

她剛想把茼蒿轉移到季恆秋碗裡，就見他用手蓋住碗口。

季恆秋語氣強硬地說：「自己吃掉。」

「我不喜歡吃茼蒿。」

「妳到現在一口蔬菜都沒吃。」

「……」

「就這一口，乖，營養要均衡。」

江蓁含淚咽草，一抬頭卻發現季恆秋幫她把杯子裡剩餘的酒喝完了，還倒了一杯橙汁給她，顯然是不許她再喝酒的意思。

這是新釀的梅子酒，味道清甜，江蓁覺得喜歡，捨不得喝，都是一小口一小口細細品嚐的。

「季恆秋你別太過分！」

「妳今晚喝了小半罈了。」

江蓁氣呼呼地鼓著腮幫子。

季恆秋抬手戳了戳她臉頰：「我戒菸了，妳說好的戒酒呢？」

「那時候我神志不清，不算數！」

「我神志清晰，算數。」

「你無賴！」

其餘人或進食或聊天，沒有人注意到他們。

季恆秋在桌下牽著江蓁的手，十指相扣放在大腿上。

他今晚喝的也不少，陪程澤凱喝了半斤白酒，這時眼眶泛著紅，說話語速比平時更慢。

「寶，我們要長命百歲。」

江蓁頓時無言，醞釀好的話一句都說不出來，心上落了片羽毛，輕盈撩撥，她被季恆秋拿捏地死死的。

這是他們之間的約定和承諾，他們要有很多很多年。

江蓁用指腹撫了撫季恆秋指節上的疤，點頭道：「好，長命百歲。」

第二十四杯調酒

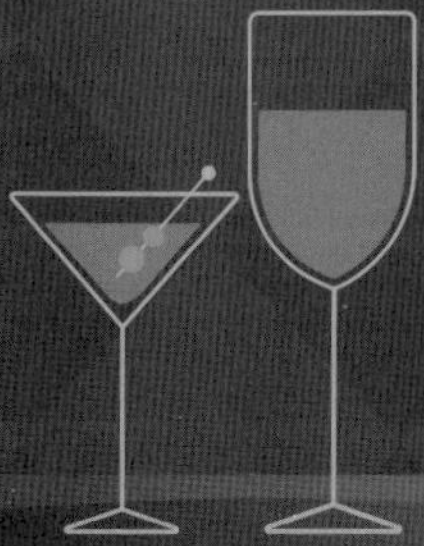

一頓飯吃到晚上八點，大家吃飽喝足，程夏惦記著要看煙火。

城裡是禁止燃放的，季恆秋買了點小的仙女棒，就當過個氣氛，熱鬧熱鬧。

陳卓和儲昊宇十分有儀式感地用煙花在地上擺了個愛心，小春和裴瀟瀟擠眉弄眼自拍。

程夏牽著傅雪吟蹦蹦跳跳的，一隻手拿著季恆秋做的冰糖草莓，舔得嘴邊都是。

他們年輕人出去玩，季恆秋和程澤凱留下收拾桌子。

江蓁把碗筷放到水槽裡，站在後院門口看了一下。

仙女棒噴射出的星火雖然渺小，但也足夠照亮這一小片天地。

「他今天真是高興瘋了，今晚大概要尿床。」程澤凱說程夏。

江蓁眉眼彎彎，靠在門框上，偏過頭說：「他很喜歡傅老師。」

程澤凱回：「小孩都喜歡這樣的。」

江蓁換了個姿勢，面向程澤凱：「你還記得我剛和季恆秋在一起的時候，你和我說，讓我別怕麻煩，多瞭解他一點，多點耐心。」

後院裡笑鬧聲和煙花綻放的聲音混作一片，閃爍的光映在臉上，程澤凱看向某處，嗯了一聲。

「我那個時候覺得你是杞人憂天，覺得我和季恆秋不會出現什麼問題，可能連架都吵不起來。」江蓁攤了攤手，「熱戀期的人就是這樣吧，不知道哪來的自信。一直沒機會和你說，謝謝你啊程大哥，謝謝你和我說的那些話，季恆秋能遇到你真好。」

程澤凱和她碰了個拳：「別謝我啊，謝妳自己，還好妳不怕麻煩，很堅定。」

季恆秋一進後廚看見兩人在偷懶，抱怨道：「快來幫我啊，怎麼就我一個人了？」

江蓁趕忙應：「馬上來。」

她順著程澤凱的視線方向看去，傅雪吟正拿著手機幫程夏錄影，兩個人都笑著，畫面溫馨而和諧。

江蓁意有所指地說：「這麼溫柔漂亮的女孩子，不知道以後誰有福。」

程澤凱笑了笑，想從口袋裡拿出手機。

「真不心動？」江蓁問。

程澤凱愣了一秒，把手機放回去，搖搖頭，還是那句：「太小了。」

傅雪吟突然轉身看向門口，程澤凱像是被人抓包，閃躲著迴避視線。

江蓁把這一切看在眼裡，時過境遷，現在輪到她是做心理工作的那個。

也沒多說別的，就一句「愛情裡最困難的問題是相愛，其餘的根本不是問題」，說完就出去幫季恆秋了，讓程澤凱自己再好好想想。

季恆秋買了一大箱的仙女棒，都被他們放完了。

外頭大冷天，回來的時候一夥人都冒了汗，玩嗨了。

程澤凱幫程夏解開外套拉鍊，摸摸他紅撲撲的臉蛋，問：「今天怎麼這麼開心？」

程夏嘿嘿笑，小手捂著嘴，悄悄湊到程澤凱耳邊。

他呼吸的熱氣鑽進耳朵裡，程澤凱覺得癢，夾著肩膀下意識想躲。

程夏說：「傅老師今天陪我玩，還幫我拍照，錢舒恬她媽媽也這樣幫她拍照。」

程澤凱揉揉耳朵，呼嚕了把他的腦袋：「喜歡傅老師啊？」

程夏不假思索地回答：「喜歡！」

程澤凱又換了個問題：「想要讓她當你媽媽？」

這一次程夏卻搖了搖頭：「媽媽是你喜歡的人，要你來選。」

程澤凱愣住，良久後揪了揪程夏的耳朵，沒想到他會這麼回答，小孩是最善良最真誠的，他們家這個更是小天使。

「你這小孩。」程澤凱和他頂了頂額頭，「知道了，我來選。」

他起身往大堂裡掃視了一圈，卻不見傅雪吟的人影：「傅老師呢？」

楊帆剛要開口，江蓁就搶話道：「剛走！應該是在門口等車吧。」

程澤凱心一沉，嘀咕著「怎麼不打聲招呼就走了」，快步走向大門。

「姐。」楊帆不解地看向江蓁，指著椅背上的女式外套，「人家不是還沒走麼？」

江蓁恨鐵不成鋼地嘆了一聲氣，拍拍他的肩，叮囑道：「以後做事機靈點。」

楊帆撓撓腦袋，似懂非懂地點點頭。

屋外時不時有冷風拂面，出來的急，傅雪吟沒拿外套，只穿著一件毛衣，風一吹她打了個寒顫。

靠在白牆邊，她抬頭看屋簷上的風鈴，耳邊是母親的喋喋不休。

『那小夥子挺好的，妳哪裡不喜歡了？』

傅雪吟搬出自己的萬能糊弄答案：「感覺不對。」

『感覺感覺，要先相處才能有感覺啊！』

傅雪吟疲憊地呼了口氣，原地跺了跺腳希望能暖和一下身子。

鈴鐺突然急促地晃動，木門被推開，裡頭的暖黃色燈光瀉了出來。

四目相對，兩人俱是一驚。

「媽我知道了，我先掛了啊。」傅雪吟匆匆掛了電話，看程澤凱呼吸急促的樣子，問道：「怎麼了？」

程澤凱懵了：「妳、妳沒走啊？」

傅雪吟舉了舉手機：「我出來接個電話。」

「哦。」意識到自己的失態，程澤凱慌亂地轉身想走。

「欸。」傅雪吟叫住他，不知從哪冒出股勇氣，脫口而出道：「我今天其實不是想來酒館吃飯，我是來找你的。」

程澤凱看著她，點了下頭：「嗯。」

傅雪吟揪著衣擺，緊張地不敢直視他：「來之前我去相親了，不過不太順利，對方說不喜歡我這種年輕女生。」

程澤凱沒說話，她自顧自地繼續說下去：「我問他為什麼，他說是因為我們做作、麻煩，總是要這要那的，心思太難猜了。」

傅雪吟問程澤凱：「你拒絕我，是因為覺得我年齡小嗎？」

安靜了幾秒，程澤凱點頭承認：「我們差了十三歲。」

傅雪吟扯了扯嘴角，笑得有些勉強：「所以也是因為怕麻煩？」

程澤凱否定得很快：「不是。」

「那為什麼？」

程澤凱移開視線，輕聲說：「不公平。」

傅雪吟著急地追問：「你覺得對我不公平？」

程澤凱重新迎上她的視線，加重語氣：「是對我不公平。」

他的目光含了太多東西，傅雪吟感覺胸膛上被人捶了一拳，她有些喘不過氣：「什麼意思？」

程澤凱舔了舔嘴唇，從口袋裡摸出菸盒，抽出一根夾在指間，語氣平靜，帶著刻意為之的冷淡：「假如我們談兩年戀愛，然後分手，妳那個時候不過二十五，正當年輕，妳可以很快放下，然後繼續妳的精彩人生，繼續找妳的下一任。但是我不一樣，過完年我馬上就三十七了，這兩年對於我來說，可能就是人生最後一次，明白嗎？」

傅雪吟低著頭，並不認同他的話，倔強地試圖反駁：「可是你憑什麼肯定兩年後就會分手？憑什麼肯定我會很快放下？」

程澤凱喝了酒，這樣繞來繞去的聊天有些消磨意志，他揉了揉太陽穴，有些不耐煩：「只是打個比方，妳到底懂不懂我的意思？」

剛要啟唇，傅雪吟皺著鼻子打了個噴嚏，她搓搓手臂，身體冷得縮成一團。

程澤凱往她面前挪了挪，擋住風口，說：「進屋吧。」

「不進，我還沒說完。」話音剛落又是一個噴嚏。

程澤凱皺起眉頭，脫下外套搭在她肩上：「行，妳說。」

男人的夾克寬大溫暖，傅雪吟臉上浮出紅暈，咬著下唇吞咽了一下，鼓起所剩無幾的勇氣，為自己博最後一次：「我試著冷靜了很久，你有的顧慮也讓我遲疑過，我雖然比你小，但也是個成年人，沒那麼不懂事。你上次和我說完後，我是真的打算放棄你了，我去相親，見了很多男人，每一個都會下意識拿你做比較。程澤凱，我怎麼想都還是覺得不甘心。」

傅雪吟抬起頭，在昏暗光線中找到程澤凱的眼睛：「明明你也喜歡我的，就這麼錯過，會不會太遺憾了？」

他沉默的時間太久，湧上心頭的熱血被寒風吹熄後，傅雪吟一點一點垂下頭，一眨眼淚水模糊視線。

夜晚的巷子靜謐安寧，明亮的不只燈火，還有天際一輪圓月。

「妳說得對。」

太冷了，傅雪吟覺得腦子都要被凍住，沒反應過來他說了什麼。

比起言語上的進一步解釋，程澤凱選擇了行動。

冰涼的臉被溫暖乾燥的大手捧著，眼前暗了，嘴唇驀地被人含住。

這是一個很好的取暖方式，傅雪吟想，她渾身都在升溫，連呼吸都發燙。

「試試吧，好不好？」

傅雪吟大腦當機，已經無法思考。

程澤凱捏捏她的臉頰：「很冷，快說好，說完回屋裡。」

傅雪吟憋回眼淚，用力點頭，眼眸裡閃著光：「好！」

木門虛掩著，露出一道縫，門後的人像是串糖葫蘆，一個腦袋疊著一個腦袋。

「看到沒！看到沒！」江蓁捂著嘴，滿臉姨母笑，用力拍打季恆秋的手臂，「親上了！」

她一激動下手就沒輕重，季恆秋抓住江蓁的手牽在掌心，拖長尾音說：「看到了。」

「你們看什麼呢？」陳卓好奇地走過來，也想湊熱鬧。

「噓！」江蓁把他瞪回去，「小聲點！」

陳卓更好奇了：「什麼什麼呀！」

江蓁故弄玄虛，搖頭晃腦道：「錦上添花，好事成雙！」

因為留在中城過年，江蓁這個春節太快樂了，沒有什麼親戚要拜訪，每天就和季恆秋閒在家裡虛度光陰。

程澤凱和季恆秋經常約著打遊戲，以前還要顧及程夏沒人帶，現在不用煩惱了，有江蓁可以陪著。

這四個人湊了一個不尋常但又格外和諧的家庭，現在還多了一個新成員，年輕漂亮、溫柔大方的小傅老師。

傅雪吟有空也會過來玩，再留下一起吃頓飯。家裡的分工很明確，男人做飯女人洗碗。偶爾想要情侶date，那就一對出去約會一對留在家裡帶小孩。

閒暇日子一轉眼就過去，初七上班，初六宋青青約了江蓁和陶婷逛街。

季恆秋去店裡忙了，有兩個店員回家過年還沒回來，這兩天他都在酒館。

出門前江蓁在衣櫃裡翻找，之前買給季恆秋的外套後來被她塞進櫃子深處，她想趁這個機會拿去換個顏色。

開了兩個抽屜都沒見到那件外套，江蓁撓撓頭髮，她記得就是放在這裡沒錯啊。

江蓁拿出手機想打電話問問季恆秋，想想又算了，他們之後沒再提過那些事，不想壞了心情。

她沒辦法消除季恆秋過去的記憶，只能帶著他往前看、往前走。

沒再找下去，也許是被季恆秋拿到儲物間了，江蓁收拾東西準備出門。

到了商場和她們匯合，三個人逛了街，等走累了，陶婷說要請她們喝下午茶。

找了家安靜的咖啡店坐下，點完飲品和蛋糕，陶婷看向江蓁說：「其實今天找妳出來，還有一件事想問妳。」

江蓁一激靈，瞬間回到平時開會的狀態，挺直腰板問：「什麼事啊？」

宋青青笑起來：「舅媽妳別那麼嚴肅啊，江蓁被妳搞得快緊張死了。」

陶婷捏捏耳墜，有些彆扭地說：「我習慣了嘛。」

江蓁傻笑了聲：「到底什麼事啊？」

沒等陶婷開口，宋青青替她回答道：「就是舅媽想找妳當伴娘啦！」

江蓁驚訝地瞪大眼睛：「妳要結婚啦！」

陶婷點了點頭：「開春就辦婚禮，我身邊的同學朋友要麼已婚要麼沒時間，伴娘團還差個人，所以想問問妳願不願意。」

「我當然願意啦！」江蓁握住陶婷的手，「怎麼這麼快啊，開春就辦？」

宋青青說：「他們兩個大忙人，對完行程表就這時間一點，早辦也好，省的我外公外婆天天念我小舅。」

江蓁簡直比自己結婚還激動，陶婷和徐臨越真不愧是事業強人，辦事效率高得出奇，確定好婚期以後諸項事宜也慢慢敲定了。

陶婷把看中的幾套婚紗照片分享給江蓁，讓她幫忙參謀參謀，三個女人聊了兩個多小時，話簡直說不完。

江蓁也終於解開了心底的謎團，如願得知陶婷和徐臨越的愛情故事。

其實概括起來就是那天宋青青說的八個字——十年情緣，終成正果。

二十一歲還在實習的陶婷被主管安排去接機，第一次遇見了徐臨越。

她成了他的臨時小助理，彼時的徐臨越英俊帥氣，成熟穩重，想要捕獲一顆少女心太容易了。

但那只是一場陶婷掩埋於心底的暗戀，三個月的實習結束後，陶婷離開了公司，沒過多久後徐臨越也回了德國。

直到他們兜兜轉轉又在茜雀重逢，才有了後來的愛情故事。

「其實挺不可思議的，我以為我這輩子不會再遇見他了，沒想到他又成我的上司，哦不對，這次直接是老闆。那年的年會之後他突然開始對我示好，我嚇死了，我問他不會是想追我吧？他說對啊，我當時就想這人有毛病吧？怎麼突然說喜歡我了？」陶婷一邊回憶一邊分享，半邊身子沐浴著落地窗外的陽光，眉眼間鬆弛柔和，「其實我們過了很久才決定真的在一起，走到今天也挺不容易的。」

江蓁撐著下巴，聽得專注，不禁問道：「和自己的白月光在一起是什麼感覺啊？很幸福吧？」

陶婷卻噗嗤一聲笑了：「白月光？屁嘞，真的在一起才發現他這個人毛病特別多。」

宋青青接話道：「這我同意，比如特別會嘲諷人，罵你你都反應不過來，不過我媽也一樣，可能是他們徐家人的祕技吧。」

陶婷附和：「對，外表裝得像個紳士，挖苦人起來能把人說哭。有一次他訓他祕書，也不直接說人家哪錯了，就這麼笑著來一句『是不是最近身體不舒服，需不需要我讓其他人先接替你的工作？』我聽了都毛骨悚然。」

江蓁縮著脖子捂住前胸，代入了一下自己，後背已經發麻了。

女人湊一起吐槽男朋友能說三天三夜，陶婷說起來就剎不住車了：「還有啊，徐臨越其實特別懶，外套脫了都不隨手掛回衣架上，一身少爺病。」

江蓁連連點頭，如同找到了知己：「我們家那個也是，刷完牙牙膏永遠不放回去，就這麼扔洗手檯上，說了多少次都沒用。」

最後要不是季恆秋打來電話，問江蓁還回不回來吃晚飯，她們能聊到打烊。

陶婷那邊也來催了，三個人在咖啡店門口分道揚鑣，再約改天喝酒一起喝酒。

回到酒館，江蓁心情大好，走路都是哼著歌的，腳步輕快。

「嫂子回來啦？」楊帆看見她，打了個招呼。

「啊。」江蓁在大堂裡沒看見人，邁步往後廚走。

秦柏說人在後院裡，江蓁推開門，剛要喊季恆秋卻怔在原地。

「回來啦？」季恆秋放下手裡的水壺，拍拍手說，「走吧，等妳吃晚飯呢。」

江蓁指著他，還沒從懵怔中緩過來：「你……」

季恆秋拍拍自己的外套：「怎麼啦，穿著不好看嗎？」

「沒有。」江蓁一瞬鼻酸，憋回眼淚扯起燦爛的笑容，誇道：「特別帥！」

季恆秋穿著她買的那件薑黃色外套，機車服的款式，第一次見他穿除了黑白以外的顏色，讓人眼前一亮，身高腿長的，很酷很英俊。

江蓁偷偷在心裡誇了誇自己的眼光。

她走過去抱住季恆秋的腰，問：「怎麼想起穿這件了？」

季恆秋俯首親了親江蓁的額頭：「程澤凱和我炫耀他的新衣服，我說我也有。」

江蓁做了個嫌棄的表情：「你們幼不幼稚？」

季恆秋聳聳肩，認了，確實挺幼稚，但忍不住比較。

斜陽沒入雲層，天邊的晚霞是粉紫色的，申城的玉蘭花快要開了。

「今天去哪玩了？」

江蓁挽著季恆秋的手臂，回答說：「逛了街，買了一件裙子，後來去咖啡館坐了坐。」

季恆秋有些失落地問：「沒買給我啊？」

江蓁失笑：「忘了，下次一定！」

春節陸忱也終於短暫地放了個假，她回了渝市，本以為可以和江蓁聚聚，沒想到她留在了申城。

『早知道我就直接飛過去找妳玩了，回了家天天被我媽罵。』陸忱在電話裡抱怨道。

江蓁吃著草莓，雙腿架在茶几上，土豆在地毯上玩毛絨球：「那妳現在過來唄。」

『妳都要上班了我過去幹嘛？』

江蓁嘿嘿笑，安慰她：「想想妳媽做的小酥肉，多好吃啊，挨兩聲罵就挨吧，誰不被罵呢？」

季恆秋在洗澡，江蓁和陸忱隨意聊著天，提起陶婷結婚的事，江蓁說：「她今天給我看了婚紗讓我幫忙挑，我覺得每一件都好漂亮啊，現在的婚紗設計太好了，不是傳統那種白色的，我上次看到還有人穿藍色的，也挺漂亮的。」

陸忱聽她饒有興致地分享，問道：『那妳和妳家秋老闆打算什麼時候結婚啊？』

「啊。」江蓁捏著抱枕邊緣，突然有些不自在了，「我們現在這樣挺好的。」

『那也要結吧，你們難道有誰不婚主義啊？』

「那倒不是。」江蓁咬了咬唇角，猶豫著開口，「其實自從周晉安的事情以後，我就有點結婚PTSD了。我總覺得這事要不是兩個人想法一致，特別容易出現矛盾。我也不是不想，但我不敢主動說了，怕重蹈覆轍。」

陸忱嘆了一聲氣，感嘆道：『戀愛真麻煩。』

聽到浴室沒了水聲，江蓁說：「沒事我先掛了啊，下次再聊。」

『行，拜拜。』

季恆秋擦著頭髮從洗手間走出來坐到沙發上，江蓁遞了個草莓給他。

看她對著平板一臉認真的樣子，季恆秋問：「看什麼呢？」

江蓁把照片也拿給他看：「婷姐讓我看看伴娘服，你看這兩套，哪套漂亮？」

季恆秋看了看，誠懇評價：「都挺好。」

江蓁知道詢問直男意見純屬浪費時間，不再為難他，自己抱著平板研究。

季恆秋看著她專注的側臉，倏地開口問：「婚紗呢，定了嗎？」

江蓁切到相冊點開一張圖片：「婷姐選了這個，不過我喜歡另一套，這個，裙擺的紗是紅色的，我不喜歡全白的，我想要特別一點的。」

季恆秋「嗯」了一聲，揉揉她的頭髮，又繼續問婚禮的時間、地點、風格。

江蓁不知道他怎麼突然對這些有了興趣，一個一個問題回答了，不過到最後說的都是「我喜歡……」

她自己也意識到了，訕訕一笑道：「怎麼老說我喜歡呀，我又不是新娘。」

季恆秋拿出手機滑了兩下，不知道在看什麼，片刻後轉頭問江蓁：「下個禮拜有空嗎？」

江蓁正在回訊息，想起之前程澤凱和楊明他們說想去爬山，回答道：「要出去玩啊？下個禮拜不行，這個月有夠忙，我可能過兩天還要出差，公司第一季度的任務不少。」

季恆秋點點頭：「行，那我自己去吧。」

江蓁抓過他一隻手送到嘴邊親了下：「嗯，你自己去吧，正好最近天氣好，多出去走走。」

開年後復工，江蓁忙得腳不沾地，三八婦女節是第一季度最重要的銷售時間。升職後首擔大任，她處處都要盯著，比以前更上心。

這一次的新品是粉底液，茜雀針對不同膚質和膚色進行了細緻的劃分，一個系列共八款粉底，力求讓每個人都可以找到最適合自己的產品。

茜雀還另外開了線上預約，只要綁定會員並且點擊預約按鈕，就可以免費獲得新品全系列樣品，使用者可以先行試用再選擇購買自己的色號。

這天江蓁下班回來已經快晚上九點，累得腰都直不起來，想去吃個宵夜補補能量。走進酒館看到程澤凱坐在吧檯，她奇怪道：「你怎麼在這？」

程澤凱覺得好笑：「我怎麼不能在這？」

「你不是和季恆秋他們去山上玩了嗎？」

「那是週末啊，今天才週四。」

江蓁懵了：「那他今天早上說去機場了，去哪啊？」

程澤凱疑惑地看著她：「妳不知道？」

江蓁搖搖頭。

「他去渝市了啊。」

江蓁更茫然了，懷疑是自己累過了頭出現幻聽：「渝市？」

「對啊，他去妳家了。」

江蓁滿頭問號：「去我家幹嘛？」

「還能幹嘛。」程澤凱抬起酒杯抿了口酒。

——「上門提親，下聘禮。」

尾韻

江蓁如同石化的雕像，整整緩了五秒，把這幾個字在腦內反覆拆解分析，還是覺得不可思議：「你再說一遍，他去幹嘛了？」

程澤凱摸摸後腦勺，倒有些不確定起來：「你們不是打算結婚了嗎？所以阿秋想去拜訪一下妳父母？」

江蓁也混亂了：「沒啊，他沒和我說過。」

她從口袋裡摸出手機打給季恆秋，響了幾聲一直沒人接，又換撥家裡的電話。

「喂媽。」

『蓁蓁啊。』江母的聲音聽起來很愉快，『妳下班了沒？』

「下班了。我問妳，今天季恆秋去家裡了啊？」

江母在電話那頭抱怨起來：『嗯，妳看看妳，工作這麼忙，讓人家一個人來家裡，下午我傳訊息妳也沒回我。』

江蓁抓了抓頭髮，她開了一下午的會，訊息置頂的都是工作群組，沒空往下翻：「我最近真的忙。」

『知道妳忙，我和恆秋也說了，等你們有空的時候回來一趟，妳奶奶想妳了。』

還沒聯絡上季恆秋，江蓁心不在焉地應好：「行了媽，我先掛了啊，回頭再說。」

『好。』江母頓了頓，又叫住她，『那個，蓁蓁啊。』

「嗯。」

江母放輕了語調，緩聲說：『妳去申城之後，我和妳爸好幾個晚上都睡不著覺。今天恆秋來家裡，我突然就放心了。妳在那邊好好照顧自己，和他好好過，做事別再像以前那樣衝動，有什麼就給家裡打電話，知道了嗎？』

江蓁很輕地吸了下鼻子，回答說：「我知道啦，掛了。」

程澤凱總算是反應過來，問江蓁：「所以妳真的不知道他今天去妳家了？」

拿下手機，她呼出一口氣，仰起頭飛快地眨了眨眼睛。

江蓁搖搖頭，自我檢討道：「可能他和我提過，我沒放心上仔細聽。」

程澤凱的眼睛在她雙手上巡了一圈，了然地摸了摸下巴，季恆秋這傻子沒什麼經驗，不知道在登門拜訪前還有一個重要步驟。

他抬起手腕看了手錶一眼，說：「他好像是七點的飛機，還要一陣子才到呢。」

江蓁翻了翻訊息，季恆秋除了中午時傳了一句到機場了，就沒再說過話。

她媽傳來的訊息是一段影片，背景就是在家裡，她爸正拉著季恆秋炫耀自己收藏的酒櫃。看季恆秋點頭哈腰一臉乖順的樣子，江蓁忍不住掀唇笑了笑。

「那我先回去等他了。」江蓁和程澤凱道完別，走出酒館回了家。

上了一天班，這時早就疲憊不堪，洗完澡爬上床，江蓁沾到枕頭就連打了好幾個哈欠。

她揉揉眼睛提起精神，選了部綜藝看。

不過四五分鐘眼皮就黏在一塊，江蓁頭一歪，意識攏成空白。

不知道睡了有多久，手背觸碰到一片冰涼，江蓁蹭一下驚醒。

「吵醒妳了？」

江蓁在昏暗中眨了兩下眼睛，分辨出這是季恆秋的聲音。

季恆秋剛脫下外套搭在衣架上，腰就被緊緊圈住，江蓁的腦袋頂著他的腹部，縮在他懷中，像是急於尋求庇護的鷺鳥。

季恆秋摸了摸她的頭髮，輕聲問：「怎麼了啊？」

江蓁心裡五味雜陳，不知道要從何說起，手上用力掐了一把他腰側的肉，張口埋怨道：「你這人怎麼悶聲幹大事啊？一個人跑去見我爸媽想幹嘛呀？」

她身上只穿著單薄的睡衣，季恆秋撿起被子裹住她，也不急於解釋，先從口袋裡摸了樣東西遞過去。

暗紅色封面，燙金的字，江蓁摸到觸感就知道是什麼東西，裝傻問道：「這什麼啊？」

季恆秋在床上坐下和她平視，回答說：「戶口名簿，找妳爸媽要來了。」

封皮拿在手裡還是溫熱的，江蓁猛地睜大眼睛：「你不會這麼一路揣回申城的吧？」

季恆秋咳嗽了聲挪開視線，算是預設了。

江蓁有些不知所措，攥著戶口名簿的邊沿，支吾半天憋出一句：「怎麼這麼突然就……」

季恆秋牽起她的手，指腹在手背上刮了刮，說：「那天妳打電話，我聽到了。」

「什麼電話？」

「和陸忱打的，說想結婚了。」

江蓁微怔：「你都聽到了？」

季恆秋「嗯」了一聲，手被捂熱，慢慢恢復知覺，他拿過戶口名簿放進抽屜裡，和自己的那本疊在一塊。

「也不是突然想去，一直都想拜訪妳父母，趁著這個機會挺好的。妳工作忙，過年又沒回去，我應該去一趟的。本來還怕妳爸媽會不喜歡我，結果晚飯吃一半妳爸就把戶口名簿拿給我了。」季恆秋拿臉頰蹭了蹭江蓁，邀功道：「我表現得還不錯吧？」

江蓁心裡一片柔軟，摸著他的後背：「我爸是不是喝多了啊？這麼快就給你了。」

季恆秋笑道：「確實不少，太能喝了，幸好妳媽攔著，後來妳大伯、大伯母也來了，我差點回不來。」

兩個人在昏暗的房間裡依偎在一起，落地燈的光是暖色的，一時間誰也沒再說話。

良久後，江蓁啟唇道：「為什麼呀，你難道都不考慮一下嗎？就這麼跑去見我爸媽了，你都想好了嗎？」

季恆秋仰著身子和她對視，語氣平靜而堅定：「我沒什麼需要考慮的，可能結婚在別人看來是件大事，我沒這種感覺，婚姻和家庭在遇到妳以前對我來說是很遙遠的東西。江蓁，我很確定這輩子就是妳了，所以我沒有顧慮。妳想結婚，我們明天就可以登記，婚禮等妳空了再辦。不用不敢和我說，妳想要什麼都可以告訴我。」

江蓁放緩呼吸，眼眶酸澀，她閉上眼睛壓住淚意，埋在季恆秋的肩窩，小聲嘟囔：「那你自己好歹也考慮考慮啊。」

季恆秋卻道：「沒什麼好考慮的，在我這裡妳早就是妻子。」

江蓁一瞬哽咽，眼淚決堤。

季恆秋感到領口的衣服被濡濕，瞬間緊張起來：「乖寶，怎麼哭了？」

江蓁搖搖頭，緊緊摟著他。

江蓁一直都知道自己的性格有缺陷，想要什麼就一定要得到，驕傲張揚、爭強好勝、任性衝動。

所以無論是父母老師，還是主管同事，包括前任周晉安，他們都告訴江蓁——這個世界不是只圍繞著妳轉，不是妳想要什麼就能得到什麼。

江蓁習慣了被壓制，被告誡，被推著成為一個善於妥協的大人。

可是季恆秋卻告訴她：妳想要什麼都可以，我都會給妳。

他送她一場初雪、為她搭建專屬領地，從飲食起居到飛躍一千多公里取走她的戶口名簿。

他讓江蓁舒舒服服地做回自己，像個被溺愛的小孩。

——我是多麼多麼幸運。

江蓁在淚眼朦朧裡捧住季恆秋的臉，跪坐在他身前，從眉骨上的疤吻到下巴，從喉結到腰腹。

她抱著她的福星，猶如懷抱著珍寶，愛不釋手，虔誠認真。

同樣的問題江蓁也被提問過。

「妳考慮好了嗎？真的要和他結婚嗎？」

她也沒有猶豫，十分肯定地點頭說：「我想好了。」

不是因為覺得季恆秋有多愛她。

而是她無比確定，她再也不會這麼愛一個人。

季恆秋大概也是同樣的。

他們奉獻出全部的愛意和溫柔，深沉炙熱，絕無僅有。

像煙霧，像星火，像玫瑰花瓣，像漫天大雪，像一杯餘韻悠長的甜酒。

去醉吧，玻璃杯盛滿冰塊，忘記時間的流逝，沒有夢想也沒有平凡瑣事。

去愛吧，和戀人擁抱接吻，呼吸和心跳混亂，做春日陽光下消融的川水。

窗外是寂靜的月夜。

江蓁閉著眼，雙頰酡紅，睫毛如羽翼輕顫。

眼尾的淚被拭去，季恆秋吻在她肩頭。

「季恆秋，你是不是忘了一件事？」

「嗯？」他大概是不滿意她的不專心，懲罰性地輕咬了一口。

「算了，等你想起來再補吧。」

無名指指骨上套了個圈，穩穩落在指根。

季恆秋的聲音啞得不像樣，含著無限繾綣：「沒忘，也放口袋裡揣了一天。」

「就不單膝跪地了，問妳，嫁不嫁？」

江蓁笑著流淚，點頭應允：「嫁。」

眼前空白，江蓁無意識地叫他，季恆秋一聲聲回應。

「秋老闆。」

「老闆娘。」

「季恆秋。」

「江蓁。」

「老公……」

「老婆。」

晴空湛藍，白雲淡薄，麻雀啁啾地叫喚，玉蘭和山櫻開得正盛。

屋簷下風鈴搖曳，響聲清脆悅耳，木門吱呀一聲被推開，門後響起男孩熱情的招呼：

「歡迎光臨 At Will！」

見是江蓁，儲昊宇收起營業假笑：「嫂子回來啦。」

江蓁伸了個懶腰，問，「季恆秋呢？」

「後院裡。」

江蓁走進後院，季恆秋正邦花架上的盆栽修剪枝葉。

他穿著一件灰色襯衫，袖子捲起，露出手臂流暢的線條。

江蓁停下欣賞了兩秒眼前賞心悅目的畫面才出聲喊：「老公。」

季恆秋轉身回頭：「回來了？」

江蓁撲進季恆秋懷裡，腦袋在他胸膛上蹭了蹭：「累死我了。」

季恆秋響亮地在她腦門上啵了一口：「辛苦了。」

江蓁見縫插針，眨了眨一雙無辜水靈的大眼睛：「那我能喝一杯嗎？」

季恆秋眉梢輕挑，猶疑半刻，點頭同意：「行。」

江蓁露出得逞的笑容，立刻鬆開他回吧檯喊陳卓。

季恆秋無奈地搖頭笑了笑，由著她去。

總有客人會問：「你們店裡的招牌是什麼啊？」

酒館裡的店員們心照不宣，給的答案都是一樣的：「這杯，『美女酒鬼』。」

客人看了看，又問：「這杯有什麼特別的？」

「倒也沒什麼特別，就是我們老闆一口沒喝，卻醉了一輩子。」

「什麼意思？」

「那就要問我們老闆娘了。」

世間的酒種類繁多，清濁冷熱，濃烈淡雅，風味各異。

好酒不醉人，而讓人清醒沉淪。

紅酒為底，糖漿甜蜜，冰塊上漂浮著玫瑰花瓣。

江蓁就是季恆秋甘願沉醉的一杯美酒。

他們在愛裡共酣。

——《共酣小酒館》正文完——

第一道下酒菜

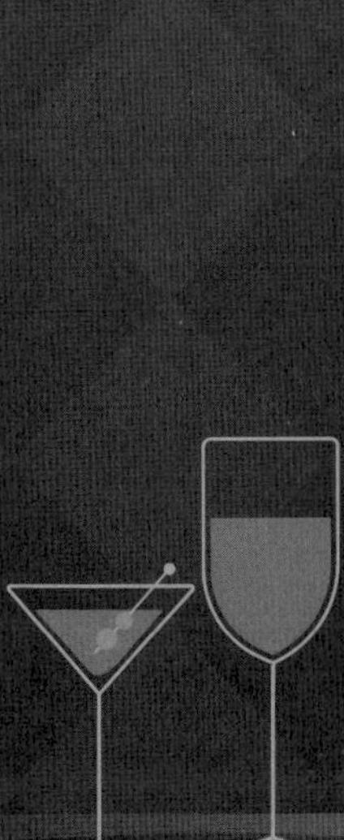

1

江蓁最近喜歡上了逛超市，這集合採買、散步於一體的休閒運動，成了她除睡覺以外的人生第二大愛好。

以前連零食和藥品都要在網路上下單，現在江蓁有事沒事就要拉著季恆秋上超市。

「今天晚上去超市嗎？」江蓁扒在廚房門邊，探出腦袋問季恆秋。

季恆秋翻炒著鍋裡的菜，面無表情瞟她一眼：「不去，家裡又不缺什麼。」

江蓁把手機舉到他面前：「可是那家麥德龍上了新霜淇淋。」

季恆秋抿了抿唇：「可是現在才四月份。」

「去嘛去嘛。」某人開始耍無賴。

季恆秋嘆了一聲氣，把裝好盤的排骨遞給江蓁：「行，去。」

江蓁雙手捧著盤子，噘嘴啾了一口。

車是江蓁開的，季恆秋低著頭看菜譜，琢磨酒館的新品開發。

到超市時還沒完全入夜，天邊晚霞昏昏。

江蓁穩穩停好車，下車後看見對面的高樓，轉頭問季恆秋：「那個社區怎麼樣啊？看起來環境挺好的。」

季恆秋摟著她的脖子往前走：「別看了，買也不買在這裡。」

江蓁不樂意了：「為什麼啊？對面就是超市，多方便啊。」

季恆秋抬手刮了刮下巴，清清嗓子道：「那個，陸夢就住這。」

「哦。」江蓁點點頭，反應過來後猛地睜大眼睛，「你他媽說誰！」

她那點腦迴路季恆秋已經摸清楚了，以防萬一先張口解釋：「我送她回家過一次，沒進去過，別亂想。」

江蓁拱拱鼻子，他怎麼知道她下一句要問什麼。

「那她喜歡逛超市嗎？不會偶遇上吧。」

季恆秋彈了她腦門一下，警告道：「別烏鴉嘴。」

在女性用品貨架前和女人迎面撞上時，江蓁想原地給自己來個大嘴巴子。

她回頭用眼神向季恆秋求助，卻見他推著推車調頭就走，留下一句：「我去看看調味料啊。」

江蓁表情猙獰瞪他一眼，再轉身時已經掛上了明媚的笑容，手指輕輕撩撥髮絲，自認為萬種風情道：「好巧啊。」

陸夢不動聲色地打量她：「嗯，好久沒看見你們了。」

上次的見面實在不算愉快，江蓁聽不出陸夢這句話是真心還是暗諷，但仍舊微笑著點了下頭。

拿完兩包在打折促銷的牌子，江蓁想再囤點夜用的。商品被放在最高的貨架欄上，她墊腳搆得有些吃力。

「我來吧。」陸夢邊說邊抬手，「要幾包？」

「一包就行，謝謝啊。」

兩個人對視一眼，異口同聲道：「上次的事……」

又都撇開視線尷尬地笑了。

陸夢說：「上次的事對不起啊，我後來想想也覺得自己有病。」

江蓁回：「沒，我也不對。」

陸夢向她解釋：「我當時真沒想到會突然出現一個妳，急了就口不擇言了，妳別放心上，我都胡說的。」

江蓁嗨呀了一聲，擺擺手說：「用不著說這些了。」

那件事兩個人都有錯，鬧成這樣，現在想想還有些好笑，竟然在廁所門口扯起頭花來，太不體面了。

「其實。」江蓁咬著下唇，話裡有話道：「其實妳這麼漂亮溫柔的人，應該不愁找不到男朋友吧。」

陸夢聽懂了她的意思，垂下視線淡淡笑了笑：「妳想問我為什麼會突然回去找他？」

江蓁斜眼點了點頭，之前就好奇，陸夢看起來性格也挺驕傲的，不像會吃回頭草的人。

陸夢說：「當時我是覺得他的家庭背景太麻煩了，我就想好好找人談個戀愛，不想背負太多東西，又覺得這個人有點猜不透。但後來想想也只有季恆秋，他對妳好就是掏心掏肺的好，像沒有私心一樣，處處為別人考慮，什麼事都依著別人，寧願委屈自己。」

捧著一堆衛生棉聊這些總覺得有些怪異。

「不說了。」陸夢深吸一口氣調節好表情，「祝你們幸福，也幫我和他說聲抱歉。還有妳，妳是個很好的人，他真有福氣能遇見妳。」

真心換真心，江蓁放下成見，露出真誠的笑容：「也祝妳幸福。」

和陸夢揮手作別，江蓁在飲料區前找到了季恆秋。

「妳們聊什麼了？」季恆秋問。

江蓁聳了下肩：「沒什麼。」

陸夢說那番話時，江蓁立刻想起了她剛認識時的季恆秋。

冷冷清清的男人，看起來凶巴巴的，但又是個不折不扣的爛好人。

因為患得患失吧，所以對身邊的人總是有求必應，拿出自己最好的和所有的。

江蓁挽上季恆秋的手臂，情緒突然湧了上來，最近總是容易多愁善感，眼前這個男人給了她太多笑和淚。

「喝可樂嗎？」季恆秋問她。

「喝。」

看著季恆秋拿了一打可口可樂放進購物車，江蓁的臉色陡地陰沉下去。

「你為什麼不拿百事？」
「可口好喝。」
「百事好喝。」
「可口。」
「我喜歡百事。」
「我喜歡可口。」
「百事……」
「可口。」
江蓁鬆開手後退半步，轉瞬變了臉：「季恆秋你變了，你現在只想著你自己！」
季恆秋一臉茫然：「哈？」
「你以前都是和我一起喝百事的，你現在都不用考慮我的感受了嗎？」
那季恆秋太委屈了，江蓁偶爾嘴饞想喝汽水，但喝了兩口就扔給他說不想喝了，百事太甜他嫌膩，每次喝完都覺得刺嗓子。
一個只喝兩口，一個喝大半瓶，誰來做主？當然是他了。
季恆秋自認占理，毫不退讓，一隻手勾著江蓁脖子，一隻手推著購物車往前走，路過百事的時候停下拿了兩罐塞進江蓁懷裡。
還要嘴賤地來一句：「拿好妳的清潔劑。」

江蓁嘖了一聲，抬腿想踹他，季恆秋早已有了經驗，嫺熟躲開。

「什麼情況下你才會承認百事比可口好喝？」

季恆秋認真思索，隨口糊弄：「土豆喊我爹的時候吧。」

「季恆秋！」江蓁氣急敗壞，「你今天晚上就陪狗睡吧！」

男人立刻認輸：「別呀，百事好喝，百事全天下最好喝了！」

後來江蓁把這個問題問了酒館裡的所有人，一時間觸發一場百事派和可口派的混戰。以季恆秋、陳卓為首的可口派抨擊百事可樂只配用來潔廁。

江蓁、裴瀟瀟立刻反駁：你們可口可樂連潔廁劑都都不如！廢物！

在他們為這無聊的問題大戰三百回合時，周明磊端著一杯白開水從戰場飄過，淡淡開口問：「這兩個有差別麼？不都是可樂？」

一石激起千層浪，雙方矛頭瞬變，可口V.S百事暫且打平，無差別黨周明磊慘遭群嘲——「一看你就不懂行」、「味覺失靈」、「這麼多年可樂你白喝了啊」。

2

某日午後，昆蟲和麻雀在樹枝上不知疲倦地叫鳴，春花燦爛，暖風吹拂。

江蓁一隻腳搭在土豆背上，腦袋倚著季恆秋的手臂，以一個十分自由的姿勢躺在沙發上玩手機。

看見張卉又上傳了一組貓貓狗狗的照片，江蓁一張一張滑過去，心裡泛癢，有個想法破土而出。

「哼啾──」

「嗯？」季恆秋的目光從電視機螢幕轉移到她的臉上。

江蓁朝他眨了下左眼：「我送你個禮物好不好？」

季恆秋識破她的小心思：「要什麼就直說。」

「我想養隻貓。」

季恆秋沒立即答應，只問：「怎麼突然想養貓了？」

「我一直都想啊。」江蓁坐直身子和他平視，「而且啊，土豆也需要一個陪伴，是不是？」

季恆秋笑了聲：「土豆需要什麼陪伴，我們還不夠嗎？」

江蓁據理力爭道：「那他聽不懂人話，你也不懂狗語啊，他需要一個同類朋友。」

「哦，所以貓和狗就能互通有無了？」

江蓁答不上來，一甩手道：「反正我就想養，我們領養一隻唄，當做個慈善，我會好好養的。行不行嘛？」

季恆秋本來也沒說不同意，就是不明白江蓁的心血來潮，既然都這麼保證了，他也沒反對的理由：「行，養唄。」

季恆秋一點頭，江蓁立刻呀呼了一聲，點開張卉的聊天室私訊她詢問領養細節。

最終江蓁選中的是一隻小橘貓，是在某高中宿舍被學生發現送來的，花色黃白相接，也許是因為長期營養不良的緣故，牠比同品種貓瘦小一些。

季恆秋看牠總是團成一團懶洋洋的不愛動，取名為「柿餅」。

把柿餅接回家的第一天，他們本還擔心小貓見了土豆會怕，結果柿餅到家之後一點也不見外，四腳一躍跳上他們準備好的貓爬架，挑了個光線好的位置就趴下瞇著眼曬太陽。

反倒是土豆，不知是第一次見貓太害羞，還是以為爹媽有了別的崽惶恐不安，一直「汪汪」叫著在他們腿邊打轉。

「柿餅。」江蓁走到貓爬架前，指指腳邊的大狗，「這是你大哥，以後他罩著你。」

她又換了個音色，壓低嗓子道：「土豆，這是你的餅小弟，來，我們跟牠打個招呼吧。」

看著江蓁舉起土豆的狗爪揮了揮，季恆秋默默嘆氣搖了搖頭。

聽到他在笑，江蓁回頭問：「你笑什麼？」

季恆秋說：「我就在想，以後生了小孩，妳是不是還得讓他們桃園三結義啊。」

江蓁：「……我正有此意。」

聽聞傅雪吟也養了一隻貓，江蓁本著「貓貓也要多多擴充社交圈」的願望，帶著柿餅登門拜訪。

她家的是一隻英短，藍白花紋，名叫「好多魚」。

兩家主人是誠心希望牠們能友好建交，但也許是天生氣八字不合，兩隻貓每次一見面就是你撓一下我我吼一聲你，不打起來就算不錯了。

江蓁覺得奇怪，柿餅這麼一個小懶蛋性格，通常不會主動惹事，傅雪吟也說她家好多魚對別的貓都挺友好的，不知道為什麼對柿餅有這麼大的敵意。

強扭的瓜不甜，嘗試幾次後兩人就放棄了。

也許是為了和好多魚炫耀自己有狗朋友，柿餅最近特別黏土豆，真成小弟了，走哪跟哪。

這天下午，四人組了個麻將局。

大人們打麻將，程夏坐在沙發上看電視，土豆陪著小孩。

柿餅又和好多魚鬥上了，兩隻貓搶飄窗上的一塊地方，誰也不讓誰，又不真打起來，虛張聲勢地叫兩聲揮揮爪子。

傅雪吟和江蓁已經懶得管了，隨牠們去吧，誰搶到就是誰的。

季恆秋和傅雪吟都是麻將新手，江蓁本身就是川渝人，牌技不在話下，程澤凱更不用說，牌桌上的老油條了。

幾圈下來，也許是有新手 Buff 一說，其餘兩人還在精心布局時，傅雪吟和季恆秋就會以各種意想不到的方式自摸。

每次輸個五塊十塊，雖然不痛不癢的，但江蓁心裡還是覺得不爽快。

這一把程澤凱終於揚眉吐氣，二十四番清一色。

江蓁不情不願地數錢，嘬了一口奶茶用力嚼著珍珠，感情就她一個人輸了。

季恆秋拍拍江蓁腦袋，安慰道：「沒事寶，我們家贏得多。」

江蓁拉下嘴角：「可是我輸了風采！我丟了渝市人的臉啊！」

程澤凱得意地數著鈔票，傅雪吟哈哈大笑。

在滿堂熱鬧中，程夏突然指著飄窗說：「你們看那邊！」

四人的目光一同循聲望去，窗臺邊的抱枕上，兩隻貓正以一個極親密的姿勢摟在一起睡覺，腦袋靠著腦袋，畫面溫馨又和諧。

默契地安靜了下來，所有人都不忍打破此刻的美好，江蓁拿出手機偷偷拍了一張照片。

輸錢的鬱悶一瞬從心頭消散，她笑著說：「就當今天輸的是聘禮了，雖然我們餅兒結紮了，貓也可以談個柏拉圖的嘛。」

「我們家也結紮了。」傅雪吟眨眨眼睛，驀地轉頭問，「欸，為什麼是聘禮，柿餅是公的母的？」

江蓁答：「當然是公的了。」

傅雪吟一時失語：「……」

她的表情讓江蓁意識到什麼：「啊這。」

程澤凱倒是不覺得有什麼問題：「要是你們生了女兒，可以許給我們程夏的嘛，還是親家還是親家。」

季恆秋抄起手邊的衛生紙扔他身上：「你見一家女兒就幫程夏定一樁親啊？」

傅雪吟悄悄說：「他身邊的小女孩多著呢，補習班好兩個，幼稚園更不用說，用不著我們大人操心。」

「哦喲。」江蓁嘖嘖稱嘆，「這誰教出來的小海王呀？」

目光聚集在程澤凱身上，他左看右看，往後仰了仰身子：「看我幹嘛，又不是我教的！」

江蓁：「懂得都懂。」

季恆秋：「懂。」

傅雪吟尷尬而不失禮貌地微笑。

程澤凱堪比竇娥冤：「你們夫妻倆別太欺負人！」

第二道主廚心情——歲歲年年

不知從什麼時候開始，五二〇也被默認成為節日，情侶們秀恩愛，暗戀的抓緊機會表白，各家商鋪推出的促銷活動層出不窮。

季恆秋恰好出生在這樣一個溫暖明媚的春天，人過了一定歲數，對年齡、生日就沒那麼大興趣了，長一歲少一歲，都一樣，只有小孩會掰著指頭算還有幾天過生日。

「四、五，還有十二天啊。」季恆秋伸出食指，指著日曆一個一個格子數過去。

江蓁正剝著核桃看電視劇，湊過去瞥了一眼，問：「什麼十二天？」

季恆秋蹙了蹙眉，不滿她的不上心：「我生日啊。」

江蓁把完整的一顆桃仁塞進季恆秋嘴裡：「對哦，你生日快到了。」

季恆秋關上螢幕把手機扔在一旁，時針滑過四點，要準備晚飯了，他繫好圍裙帶子，從冰箱裡拿出一包蝦仁，冷不防地說：「我們那天去登記吧。」

他的語氣太稀鬆平常，江蓁有一瞬間的恍惚，他到底說的是「我們吃蝦仁燉蛋吧」，還是「我們去登記吧」。

兩本戶口名簿疊在一起已經好幾個月了，他們還沒怎麼仔細商量過結婚的事，現在被季恆秋這麼輕輕提起，江蓁突然有些茫然。

沒聽到回答，季恆秋從廚房走出來：「怎麼了？沒聽見啊？」

江蓁回過神，螢幕上的劇情不知道跳到了哪裡，她剛剛沒專心看，把時間軸撥回了五分鐘前，然後點了點頭：「好啊，就那天吧。」

2021520，這日子太甜了。

江蓁嚼著核桃仁，嘴角不知不覺咧向耳後根。

儘管在一起這麼久，但真的結婚，那感覺又完全不一樣。

一紙婚約，是牽繞的紅繩，是來自法律的認可，是彼此的責任、承諾、羈絆。

旅居者得以歸屬，漂泊者終於安定，他們會有一個現實意義上的家庭。

江蓁走進廚房，熟練地跳到季恆秋背上，柿餅大概是聞到香味，一直在他們腳邊打轉。

「還有十二天哦。」

季恆秋「嗯」了一聲：「十二天。」

五月二十在週四，江蓁請了半天假。

以防這一天登記的情侶太多，他們前一晚上約好第二天早早起床。

事實證明定六點的鬧鐘完全沒必要，天還沒亮江蓁就迷迷糊糊地轉醒，季恆秋更不用說，基本沒怎麼睡。

躺在床上，江蓁翻了個身，拱著身子鑽進季恆秋懷裡：「我怎麼這麼緊張？」

季恆秋滾了滾喉結，緊緊捏著江蓁的手背：「我也有點。」

江蓁偏頭，吻在他心口：「先祝你生日快樂，三十四歲咯。」

季恆秋伸出手攤開掌心，朝她要：「禮物呢？」

江蓁把下巴擱上去，歪著腦袋朝他眨眼，插科打諢道：「送你一個美麗大方溫柔賢慧的老婆，怎麼樣，滿意嗎？」

季恆秋輕聲笑了，捏了捏她的臉頰，拿起手機看了眼時間，才剛過五點。

「還睡嗎？」

「睡不著了。」

「那就幹點別的。」

話說著，季恆秋已經把江蓁的睡裙推到腰際。

江蓁有些抗拒：「別吧，我現在沒心情……」

最後一個尾音啞在喉間，她咬著下唇深吸一口氣，催促道：「搞快點。」

最後出門的時間比定好的還要晚半個小時，他們到戶政事務所的時候前面已經排了好幾對。

江蓁咬著吸管喝豆漿，清晨的太陽灑在身上暖洋洋的，她眯著眼打了個哈欠，靠在季恆秋的肩上，這時開始想睡了。

旁邊一對情侶看起來很年輕，兩個人有些侷促，手緊緊牽著一起，青澀又甜蜜地笑。

江蓁從包裡拿出一盒薄荷糖，自己倒了兩粒，又遞給旁邊的女孩，問她：「吃麼？看你們挺緊張的。」

「謝謝啊，確實挺緊張的。」女孩把糖塞進嘴裡，指著旁邊的人說，「他和我都沒怎麼睡。」

江蓁應和道：「我們也是，一大清早就醒了。」

女孩說：「但是我看你們好像特別淡定。」

江蓁和季恆秋對視一眼，哈哈笑了兩聲：「我們出門前做了點運動。運動，讓人放鬆。」

季恆秋聽她一本正經胡扯，繃著嘴角憋笑。

很快就輪到他們進去，填表、拍照、宣誓、蓋章。

新鮮的證書捧在手裡，江蓁把每一個字認認真真欣賞了一遍。

她前不久染回了黑髮，剪到鎖骨的位置，換了個減齡的髮型，整個人看起來也年輕了幾歲。

江蓁用指腹摸了摸照片，故意感嘆：「嘖嘖，老夫少妻。」

本來就差了好幾歲，季恆秋無言以對，專心開著車不理她。

江蓁繼續毫不羞恥地自誇：「我這說出去是大學生都有人信吧。」

前方路口一個紅燈，季恆秋停下車，抬手掐了下江蓁的臉頰，疑問道：「欸，那怎麼沒出水呢？是妳不夠嫩還是我不夠用力？」

他噎人一向在行，江蓁鼓了鼓腮幫子，大喜日子暫且不同他計較。

紅綠燈跳轉，街道通行，他們重新出發上路。

雲層散開，陽光將萬物都映得發亮，春天快要結束，甘甜的西瓜已經上市。

程澤凱說今天中午為他們準備了大餐慶祝，不知道是誰在酒館門口貼了個喜字，木板上寫著——「祝老闆老闆娘百年好合，今日全場九折，情侶半價！」

下車前，江蓁把結婚證書小心放進包裡，突然想起來還沒有正式地稱呼一聲，於是她清清嗓子，抓住季恆秋的手握了握，啟唇道：「你好哦，老公先生。」

季恆秋也同樣晃了晃她的手，客氣地回：「幸會幸會，老婆大人。」

在初夏的某一天，他們選了個晴朗的好日子舉辦了婚禮。

酒館重新布置，被洛神玫瑰裝扮的像一座浪漫花園，沒有太多賓客，江蓁把父母接了過來，其他都是他們的好友們。

省去繁瑣又累人的禮節，這更像一場輕鬆愉快的聚會。

程澤凱是證婚人，程夏小花童，在輕盈的音樂聲中，江蓁穿著紅色紗裙走向西裝挺括的季恆秋。

在酒館舉行是江蓁的主意，她說這裡最好，他們相遇就在這裡。

他們還要在這裡度過歲歲年年，清晨醒來，白日忙碌，夜晚留給好友，留給酒精和老電影，留給和愛人的親吻。

江蓁最近總是容易想睡，不知道是不是因為快入冬，身子懶洋洋的，做什麼都提不起勁。

這天下班回到家，江蓁扔了包就趴到沙發上，一副有氣無力的樣子。

季恆秋幫她熱了杯牛奶，大手替她揉了揉腰：「寶，累了就早點去睡。」

江蓁接過杯子，嘴唇剛碰到表面漂浮的一層奶皮，她突然停下動作皺起眉。

季恆秋趕緊問：「怎麼了？」

江蓁眨眨眼睛，乾嘔了一聲，意識到身體的反應，她把杯子塞給季恆秋飛奔到水槽邊。

吐也吐不出什麼，但喉嚨口就是犯噁心。

從前覺得香甜的味道，今天一聞卻胸口發悶。

季恆秋輕輕拍著她的背，幫她倒了杯水漱口。

等緩過來，江蓁洗了把臉，抬頭卻見季恆秋一臉嚴肅。

「我出門一趟，妳先去床上休息。」

看著他匆匆離開的背影，江蓁同樣反應過來了。

她低頭看了看尚且平坦的小腹，抬手輕輕戳了戳肚皮。

會是嗎？

心裡酸酸脹脹，說不清是什麼感受，她無措又驚喜，帶著對未知生命的恐慌，最後又變為巨大的期待。

季恆秋回來時，江蓁正坐在沙發上發呆。

他出去得急，連外套都沒顧上穿，帶回一身寒氣。

「裡頭有說明書，我買了好幾種，妳都試試。」

江蓁點點頭，笑著牽住季恆秋的手：「你抖什麼啊。」

季恆秋刮了刮下巴，說話都不流暢了：「我、我，我冷。」

江蓁替他搓了搓手：「那我去了啊。」

季恆秋重重點頭。

四條驗孕棒，八條杠。

季恆秋對著傻笑了一個多鐘頭。

江蓁實在看不下去，踹了他一腳：「季恆秋，你夠了啊。」

柿餅團成一團躺在他腿上，季恆秋不方便動，指指茶几上的手機：「把手機遞給我。」

江蓁問：「發社群啊？」

季恆秋還笑著：「不，我打個電話給程澤凱。」

電話接通，季恆秋「喂」了一聲。

程澤凱剛要睡著就被吵醒，語氣透著點不耐煩：『喂，幹嘛？』

「嘿嘿，我要當爸爸了。」

『老子六年前就當爹了！多大點事，睡覺了！』

江蓁隔著半公尺遠都清楚聽到程澤凱的吼聲，卻見季恆秋仍舊樂著，嘴角的弧度絲毫不減。

程澤凱掛了電話，季恆秋滑了滑通訊清單。

「喂，陳卓，你哥呢，睡了沒？讓他過來一起聽。」

江蓁嘆了一聲氣，一孕傻三年，還有傻當爹的嗎？

次年八月，正值盛夏。

季嘉禾小朋友平安來到這個世界。

季恆秋孤獨生活了半生的房子，迎來前所未有的熱鬧。

妻子、女兒、貓狗，他擁有的原來這樣多。

小孩的大名是季恆秋取的，小名一開始就定好了，從懷孕開始他們就叫她咚咚。

酒館從此集齊了春夏秋冬，所有的遺憾似乎都悄悄被填補。

這一年新春，練了毛筆字的程夏擔負起寫對聯的重任。

小少年稚嫩而板正地書寫新年願景，紅底黑字，張貼在酒館正門口。

「歲歲四季圓滿，年年出入平安」，橫批——「和風常在」。

——《共酣小酒館》番外完——

——《共酣小酒館》全文完——

高寶書版集團
gobooks.com.tw

YH 206
共酣小酒館（下）
作　　者　Zoody
責任編輯　吳培禎
封面設計　虫羊氏
內頁排版　賴姵均
企　　劃　何嘉雯

發 行 人　朱凱蕾
出　　版　英屬維京群島商高寶國際有限公司台灣分公司
　　　　　Global Group Holdings, Ltd.
地　　址　台北市內湖區洲子街88號3樓
網　　址　gobooks.com.tw
電　　話　(02) 27992788
電　　郵　readers@gobooks.com.tw（讀者服務部）
傳　　真　出版部(02) 27990909　行銷部 (02) 27993088
郵政劃撥　19394552
戶　　名　英屬維京群島商高寶國際有限公司台灣分公司
發　　行　英屬維京群島商高寶國際有限公司台灣分公司
法律顧問　永然聯合法律事務所
初　　版　2025年07月

原著書名：《共酣》由北京晉江原創網絡科技有限公司授權出版。

國家圖書館出版品預行編目(CIP)資料

共酣小酒館 / Zoody著. -- 初版. -- 臺北市：英屬維京群島商高寶國際有限公司臺灣分公司, 2025.07
冊；　公分. --

ISBN 978-626-402-301-6(上冊：平裝). --
ISBN 978-626-402-302-3(下冊：平裝). --
ISBN 978-626-402-303-0(全套：平裝)

857.7　　114008580